幻影歌劇 -komische oper-

-籠中鳥-

米川明
烏綠

Since 1743

CONTENTS

Komische oper.

Siebte Aufzug: der gefangene Vogel

- Komische Oper -

SIEBTE AUFZUG : DER GEFANGENE VOGEL

Act Seven

籠中鳥

EINS No. 486879

第一章 籠中鳥

Siebte Aufzug : der gefangene Vogel

這個故事從說書人做的一個夢開始說起。

他永遠記得，自己心中有一段溫柔的畫面……隨著輕細空靈的音樂盒旋律響起，喚回被他封禁在心底的過去。

那是一個訴說小女孩在上床睡覺前，仰賴少年口述故事入睡的溫柔回憶。

當這畫面在朦朧中成形，它就像舊照片發黃的色調，溫柔地暈開屬於說書人過去的美好時光，安撫他的靈魂與心，讓他不再痛苦與悲傷。

在他遙遠而殘酷的意識裡，一直都是竭盡所能地忍耐，無法與妹妹相見的孤獨。

直到他揭開夢中幻影的迷霧，他不再是沒有名字的孤寂男人，而是被小女孩真心所愛的少年。

施洛德・戴維安——那曾是他的姓名，如今已被他封禁在內心深處，只有在夢中，被所愛的妹妹伊索德呼喚的時候，他才會覺得自己心中充滿了幸福。

那是一個只有他與妹妹共有的甜蜜時光。

他還記得，當自己十八歲的時候，父母因一場馬車對撞的意外不幸喪生，只留下他與伊索德獨力對抗現實的無奈。

身為一家長子的他，一肩負起家庭的重擔，包括撫育妹妹的責任。

即使他在這種年紀就要背負一個家庭的生計，接手父親經營的家族產業，但是為了守護妹妹，他忍住了寂寞與悲傷，以堅強的心志，使自己忘記父母早逝的痛苦。

他依稀記得，每當夜深，他就會牽著妹妹纖細的手到她房間，催促她上床，替她蓋棉被，說故事給她聽，看她入睡才安心地離開……就算天天做這些重複繁瑣的事，他還是甘之如飴。

施洛德一如往常的坐在床沿，輕聲說道：「晚安，可愛的伊索德，妳在上床睡覺前，還有什麼要跟哥哥說的悄悄話嗎？」

「嗯，施洛德哥哥，你可以說故事給我聽嗎？」伊索德撒嬌地抱住施洛德，不肯乖乖躺著。

「真拿妳這個孩子沒辦法，好吧，今晚想聽什麼故事？」

「哥哥，你今天說的故事，可不可以多講幾個讓我挑選？」

年輕的施洛德坐在床沿，一邊攤開故事書，一邊愛憐地撫著妹妹的頭髮。

「當然好，妳想聽那個少女受天使指示，帶領十二名天國騎士經過爭戰，建立新聖地的故事？還是少女跌進魔法衣櫃，跟吹笛子的吟遊詩人，對抗壞心皇后的夢遊仙境故事？」

「比起這些……我還是想聽媽媽說的故事，就是那個好久好久以前，媽媽曾經對我們說一個關於人變成人偶的故事。」伊索德忍著淒咽的聲音，懷念地說。

施洛德皺眉地說：「妳不是很怕那種詭異的故事嗎？」

「可是，我好想再聽哥哥說一次，你能說給我聽嗎？我好想媽媽，一年前的這個夜晚，她總喜歡說這個故事哄我睡覺……拜託你，施洛德哥哥。」伊索德吸吸鼻子，一想起母親說故事的溫柔口吻，她又忍不住眼眶泛紅了。

「別難過，我把那個故事再說一遍給妳聽。」他捨不得妹妹哭，於是連忙翻開手中的大本故事書，抹去了沾在上頭的一層灰塵，說起了故事。

「傳說過去，有一座被人遺忘的城市，名為托姆。有一個住在那裡的少女蒂娜，受到了俊美男子的引誘，她帶著墜落黑暗的靈魂，走進可怕的黑森林。」

「進入黑森林的蒂娜，來到廢棄的古堡。當她與穿著黑服、渾身散發懾人氣息的金髮男子，簽下令人難以理解的契約，那名男子告訴蒂娜，『只要妳簽下契約，成為專屬我的美麗人偶，為我誘惑人類，我就能實現妳美好的願望！』所以，蒂娜屈服於慾望，讓男子把她變成美麗而無心的人偶，替他尋找下一個犧牲品。」

「蒂娜回到鎮上，掠奪受她誘惑的人類靈魂，讓住在托姆的居民，一夜之間全部消失了。消失的居民，一心往古堡前進，但是他們的眼神，已經不像人類那樣充滿著

生氣……」

「從此以後，人們就把托姆這個地名，解釋為亂葬的墳場。」

伊索德聽完故事，一臉的驚恐，她緊抓施洛德的袖子，小聲地問：「施洛德哥哥，人如果變成人偶的話，還能再變回人嗎？」

他笑道：「這個我就不知道了，如果妳擔心的話，改天我買一個人偶回來給妳，好不好啊？」

「不要，不要啦！」伊索德似乎以為施洛德會真的買人偶給她，她嚇得摟緊他的手臂，不停發抖，「都是哥哥害的，這個故事讓我覺得好可怕喔！明明媽媽說的時候沒有什麼感覺，換哥哥一講就變得陰森森的……」

「是這樣嗎？」施洛德苦笑道。

「是啊，哥哥很有說故事的天分呢，你一定可以成為寫童話故事的作家。」

施洛德聽見妹妹天真的話，心中百感交集。

雖然他向來喜歡寫作，以及不尋常的有趣事情，然而現在的自己必須向現實低

頭，恐怕那些夢想都要留待將來完成……或者，根本沒有實現的一天。

「哥哥，你在想什麼？」伊索德問：「關於人偶的事，你還沒解釋呢。」

他回神過來，輕嘆著氣，說道：「伊索德，妳不要怕，它們只會在夜晚出現，妳只要乖乖待在家裡，別在晚上的時候跑出去玩就沒事了。」

伊索德聽了施洛德安慰的一番話，才稍稍放寬了心。但過了一會，她又突然感慨道：「嗯，但是……總覺得蒂娜好可憐，變成人偶的身體很不方便吧。」

「伊索德，妳真善良，明明這麼怕人偶，怎麼又憐憫起它們了呢？」

「因為……人偶不能見到陽光，自由地生活，總覺得好可憐喔。如果它們也跟我們一樣能在白天生存的話，說不定就不會做那麼多壞事了，對吧？」

施洛德聽見妹妹的這個說法，他感覺妹妹有顆溫柔的心，連一個虛構的故事都能投入自己的感情。她如此天真可愛，令人想好好珍惜。

「可是若要認真說的話，蒂娜一點也不值得同情啊，她捨棄身為人的幸福，去依靠不屬於自己的力量，還做了那麼多壞事。嚴格說起來，人實在有太多慾望了，一旦被誘惑就難以自拔。」

伊索德點點頭，又問：「哥哥，那個金髮男子到底是誰，為何要蒂娜去誘惑人呢？」

施洛德柔聲說：「關於這個，伊索德，哥哥接下來說的話，妳要聽清楚。」

「嗯。」她賴在他身邊，聽話的點頭。

「雖然我們不能公開談論那個男人的名字，不過人們知道，那個人喜歡穿著華麗的衣服，以慘白無血色的美麗容貌，出現在沒有月光的黑夜……他是被稱為魔鬼的邪魅幻影。」

伊索德問：「魔鬼，就是引誘蒂娜的人嗎？」

「對，但他不是人，是一種邪惡的化身。他生存在另一個世界，充滿對現世的憎恨，並且趁人不注意，奪取人們的靈魂，將其拖進好黑好黑的地獄……」

「哥哥，為什麼魔鬼不能跟我們住在同一個世界呢？」

「因為魔鬼受到神的驅逐，他為了把恐怖與痛苦帶給我們，偽裝成人類，擅長用

甜言蜜語來誘惑我們，毫不留情地傷害人。」

伊索德再問：「那……被魔鬼變成的人偶呢？」

「人偶是魔鬼製造出來，沒有生命的形體，它們終日呢喃著自己沒有生存的理由與意義，卻又聽命來自黑暗的魔鬼。可是，人偶往往因為無法擁有靈魂，導致自行毀滅的下場……」

「哇嗚嗚嗚……別再說了，好可怕，真的好可怕喔！」她後悔地哭喊起來。

施洛德擁住投向他懷抱的小女孩，臉上帶著笑意的說：「伊索德，妳千萬記得，無論受到什麼人的引誘，除了跟哥哥在一起，妳都不能和不認識的人，到我不熟悉的地方，明白了嗎？」

伊索德抬起小臉，緊張地問：「這麼說，我跟施洛德哥哥在一起的話，那哥哥也不會跟伊索德以外的人在一起嗎？」

「嗯，哥哥向妳承諾，永遠守在妳身邊，保護妳，不再讓妳寂寞。」

伊索德露出一個欣喜的笑容，再次抱緊施洛德，她唯一僅有的親人。

「答應我，妳的心要保持堅定，不要輕易被外在的事物迷惑！這麼一來，哥哥也能安心工作……」

「嗯，我會放在心裡，牢牢謹記……哥哥晚安。」

伊索德愛睏地揉揉眼睛，安心地躺在床上，讓施洛德為她拉上棉被。隨著她迷濛的眼神，說話的聲音變得微弱，最後閉上眼睛，呼吸勻稱地沉淪夢鄉。

施洛德透過房內暈黃的燭光，注視妹妹被他哄睡的模樣。他打從心裡覺得滿足，於是俯在她身上，撥開遮住她額頭的瀏海，給她一個能在夜裡安眠的吻。

「我的伊索德，願妳今晚也能安然入睡……小心點，別做惡夢了。」

一道急促連續的敲門聲，惡意地驚擾說書人，使他從如上雲端的美夢，掉落在谷底般的現實。

他掀開蒙頭的棉被，吸了一口能讓他清醒的早晨空氣，這才動作遲緩地起身。然而一陣異常強烈的頭痛，肆虐著他的意識，使他極力思索，也記不起自己做了什麼夢，只覺得好像透過夢境，觸及了一點幸福的感覺。

他用手撐著額頭，一臉毫無血色，覺得有點冷。

就在這時候，敲門聲越發強烈，說書人只有強迫自己別去想那些事情，下床去開門。他隨意整整穿在身上的襯衫，任由敞開的衣領露出胸口，卻無意將鈕釦扣上。

當他開了門，發現旅館老闆堆著笑臉站在門外，好像找他有事。

說書人擺著臭臉，表現出一副被騷擾起床的冷怒神情。

「有事嗎？」說書人倚在門邊，微瞇雙眼，渾身散發一股肅殺之氣。

旅館老闆被嚇得不敢再笑，連忙解釋道：「呃，呃……是這樣的，您有來訪的客人，不知您方不方便請他進房……」

說書人打量站在門外說話的旅館老闆，看他一臉受驚的模樣，好像讓他嚇成這樣，連一句話都說不好的人，正是自己……說書人困擾地皺著眉，不知道這個中年男

人到底在說什麼，只好請對方重說一遍。

沒想到這時候，他看見旅館老闆被一道外力狠狠踹開，取而代之站在門外跟他說話的人，換成一個容光煥發的金髮男人。

「身材這麼胖，站在這裡真礙路，滾開。」那男人一臉瞧不起人的說道。雖然他口出失禮之言，但憑藉自己一身的風采，他撥弄著垂在胸前的髮絲，才慢條斯里地向說書人打招呼。

說書人眼光落到對方身上，看見他熟悉的黑服裝扮，飄逸的金色馬尾，以及臉上那副欠揍的自信神情，說書人心想不用問也知道他是誰。

「早安，說書人，你今天依然精神飽滿嗎？」

「果然是你這個瘟神……有什麼事？又是來找我麻煩的嗎？」說書人一臉鄙視地看著男人，內心對這個人找來這裡的原因卻非常感興趣。

「不要這麼說嘛，難得見面，你就不能口氣好一點嗎？」

說書人看起來很不以為然，「你是怎麼找來這裡的？」

「這有何難，你生性孤僻，不愛住在熱鬧的城市，向來離群索居，過孤獨的生活。像這種清幽安靜的旅館正是你最喜歡的地方，但是你害我每次找你都不方便……乾脆請你搬來跟我一起住，這樣互相有個照應，你說可好？」

說書人觀察著男人，他在修長英挺的外表下，有一股令人厭惡的豔麗氣息。當他們目光相觸的時候，他看見男人居然露出一個很有禮貌的微笑。

「你這個人說瘋話的毛病，真是越來越嚴重了，請你快去找個醫生看病，順便滾出我的視線範圍。」說書人臉色難看的把門關上，沒想到卻被門外的男人大步一邁的闖進來，氣得他轉身過去，任由對方大搖大擺地走進他的房間，最後把門關好。

說書人回頭過去，恨恨地瞪著男人，「你知不知道現在是什麼時間？」

齊格弗里德享受說書人冷怒的目光，神情優雅地掏出放在懷中的金色懷錶，伶俐的報時道：「嗯……現在時刻是六點五分，怎麼了嗎？」

「明知故問。既然知道時間，為什麼跑來擾人清夢？」說書人見他如此不識相，氣得根本不想看他。

齊格弗里德一臉興奮道：「既然是男人，就別在意一點小事了。話說，我有一件事想找你分享。」

「我跟你有什麼事能一起分享的嗎？」說書人口氣極差。

「當然有，還記得上次你帶我去喝下午茶嗎？我才明白原來你喜歡甜食，這不就跟我的喜好一樣了嗎？原來你不是討厭甜食，而是不肯坦然承認啊。」

「不，讓我再重申一次。我討厭甜食的程度，就跟討厭你一樣。」說書人壓抑怒意的嘆氣，露出 個無奈的微笑表情。

不過，說書人知道齊格弗里德才不管這麼多，因為這個男人從來就不在乎他內心的感受，總是任性地為所欲為。但是，這對齊格弗里德來說是件正常的事，或者該說若不這樣，就不是那個魔鬼的本性了。

齊格弗里德確實如說書人所想，一副無視對方快被他逼瘋的微笑神情，抓著說書人的手臂，得意的勾著嘴角說道：「我差人帶了很多甜食過來，就放在外面走廊。來，快跟我去外面拿幾個進來吃，免得蛋糕壞掉了。」

說書人閉著嘴，不耐煩地甩開齊格弗里德，回了一句「少煩我」。

齊格弗里德的嘴唇揚了起來，彷彿跟說書人見面的意義就是要鬥嘴。

他笑了笑，接著走過去，明知故問地說：「施洛德，我送禮物給你，作為你請我喝下午茶的回報，你怎麼不高興呢？」

說書人一對濃眉皺著，發出低沉的冷聲，「你不提就算了，一提那件事，我的火氣就上來了！你為何不說你有一個就像無底洞的胃，居然可以吃光整家店的蛋糕，害我把錢都付在那頓請客上面了！」

齊格弗里德仍舊面不改色的微笑，「喔，那又怎麼樣？」

「至少你要向我道歉吧？」說書人氣勢凌人道。

「好吧。施洛德，你真是待我太好了，我實在對不起你，連累了你，請原諒我……這麼說總行了吧？」齊格弗里德一臉虛偽地向說書人道歉之後，朝他伸手邀約地說：「不然我帶你吃遍所有美味的蛋糕店，作為補償好了。」

「我不要，吃那種用砂糖做成的東西很傷胃，我寧可喝啤酒加烤魚。」說書人冷淡地說完，坐在床邊，一臉頭痛的神情，「算我拜託你，快點滾出這個房間，還我一個清靜的早晨，讓我睡覺。」

齊格弗里德掃視房間四周，目光鄙夷地評論道：「哎呀，像這種要裝潢沒裝潢，要氣氛也沒氣氛到極點的房間，你也能睡得這麼好，我真是太佩服你了。」

「少囉唆，我可不像你四處行騙，隨時都能弄來權貴身分欺騙世人。」說書人冷冷地看著他，滿口不屑。

齊格弗里德聞言，以不懷好意的目光，引誘說書人地笑了笑，說：「這個簡單，只要你跟我走，我可以讓你住在漂亮的大房間，包准你睡得比現在更快活。」

說書人對齊格弗里德老愛賣弄油腔滑調的口才，早就徹底麻木。他頭也不抬的回嘴道：「又是靠你騙術般的能力弄來的？說吧，你這次又變成什麼身分的人來找我麻煩，讓我見識一下。」

「沒什麼，只是年輕的企業家罷了。對了，你真的不考慮剛才的提議嗎？我有一幢漂亮的花園洋館，你趕緊收拾行李，搬到我家睡吧。」

說書人忍耐想揍面前男人的衝動，緊緊握著拳頭。不知為何，他的怒氣很容易被齊格弗里德挑起，這也許是他沒有睡好的關係吧。

「你真的很無聊，到底來這裡做什麼？是不是來向我賣弄你的華麗和有錢？如果你閒得發慌，請你去找別人玩遊戲，我現在很累，沒有那個心情陪你！」

「當然不是囉，我要你跟我去約會。」齊格弗里德笑咪咪地回答。

「你沒聽見我一直說不要嗎？」說書人口氣不好的拒絕。

「喔，我是聽見了，可是你之前還欠我一件事沒做，不知道算不算數？」

說書人從床上跳起來嚷道：「我是答應過你，不過可沒包括違反我個人的意志吧？」

齊格弗里德走近說書人，微彎著腰，在他耳邊壓低說話的聲音：「你曾答應我，要為我做一件事。至於這件事情很簡單，只要你跟我去約個會就行了。」

說書人難以置信地看著他，「什麼，你在拿我尋開心嗎？」

「你先別急著生氣，我的意思是說，你陪我去一個地方，只要去那裡陪我喝幾杯酒就可以了……如何，很簡單吧？」齊格弗里德口氣引誘地說。

「我的職業是說書人，不是任你玩弄的伴遊女郎！」說書人一手粗暴地抓住齊格弗里德，一手開門，試著把他推出房間，「請恕在下愛莫能助，快點出去，我還要睡覺！」

齊格弗里德見說書人如此火大，他臉上堆著無辜的笑容，連忙解釋：「不要這麼說嘛，我可是真心真意的邀你出門。如果你不跟我去，我也不會勉強你，但是你一定會後悔，別怪我沒有警告你。」

說書人吞下衝到嘴邊的怒罵，神情充滿防備地放開了他，「說得好，但是我為什麼要後悔？」

「因為我這次要約你去的地方，是一個不可思議的神秘聚會，絕非一點意思都沒有的無聊場所。」

說書人困惑不解地問：「比方說？」

「嘖，講出來還算神秘聚會嗎？反正你快點跟我走就是了。」齊格弗里德想了

想，又補充了幾句話，「無論如何，你都得答應我不可，誰叫你不遵守遊戲規則，這是你自找的。」

說書人被齊格弗里德煩得實在快要崩潰，只好神色陰鬱地看著他，「我只不過利用了你一次，你居然糾纏我不放……這難道是我的錯嗎？」

「喂，你有時間在這裡發脾氣，為什麼不乾脆答應我呢？」齊格弗里德催促地說：「你不答應也行，只怕你也沒覺好睡。因為我在達成目的之前，會不斷地騷擾你，直到你點頭為止……怎麼樣？」

「你把話說得詳細一點。」說書人拖著疲憊的身子走回房間，讓齊格弗里德再度為他關上門。

是的，他知道自己沒辦法拒絕齊格弗里德，沒辦法回到溫暖的床上，只好試著對那個該死的聚會提起興趣。

雖然說書人腦中一團混亂，還有數不清的疑惑。可是他不得不承認，齊格弗里德邀他出門的時候，紅眸閃閃發光，就連他也深受那對眸子的吸引，進而也想見識一下那個神秘聚會的真面目。
「好，我告訴你，那裡不是一般人可以進去的地方，但是在我的帶領下，你將會見到一件令你想要，卻又遍尋不著的好東西。」齊格弗里德朝說書人俏皮地眨著眼睛，「放心，以我們的交情，我絕不會害你。」
說書人聞言，忍不住覺得可笑。
於是一道諷刺的冷笑聲，隨即從他喉嚨深處迸出，「你後面這句話，百分之百是句謊言。跟你認識了那麼久，你無時無刻都在設計害我，你以為我還會相信你？」
「看來你很瞭解我嘛。」齊格弗里德毫不在意地聳肩，「好了，你究竟考慮得如何，要不要跟我去瞧瞧？」
「算了，我跟你走這一趟。但是醜話講在前頭，我若沒發現你說的東西有讓我犧牲睡覺時間的價值，你最好有被我開槍射成蜂窩的準備。」
「這麼說，你是同意我的邀約囉？」
「你實在太煩人了，吵得我沒辦法睡覺。」說書人放棄掙扎的抿嘴，「我告訴

你，下不為例。」

齊格弗里德高興得咧開嘴，興致勃勃的要幫說書人打點行頭。只見他打量說書人的全身，看見對方一副衣衫不整的樣子，便問：「你剛起床嗎？」

說書人沒好氣道：「否則你以為我在做什麼？」

「唔……施洛德，你這個樣子還真性感呢，敞開的衣領露出半邊裸胸……難道，你都穿成這副德性睡覺喔？」

說書人察覺齊格弗里德輕浮的視線，曖昧地飄了過來，他立刻一手拉緊襯衫，另一手從房間桌上抄起手槍，狠狠地瞄著對方，怒道：「你再敢說一些不三不四的話，你就準備吃子彈吧。」

齊格弗里見說書人被他逗得怒火中燒，連忙笑笑的舉手投降。

「好了，讓我看看你平常都穿什麼衣服。」齊格弗里德打開房裡的衣櫃，一件件挑著看。然而，他愉快的臉色，卻隨著衣櫃裡貧乏的西裝款式而僵化。

他嘆氣之後，開始猛烈地發起牢騷，「你怎麼只有一件灰色西裝，難道沒有其他好看一點的衣服嗎？」

「在下就是只穿灰色西裝跟白色襯衫，這也得罪你了啊？」說書人放下手槍，將它擱在桌上，順便冷眼觀察齊格弗里德翻弄衣櫃的背影，想聽聽他究竟有何高見。

齊格弗里德挑三揀四地說：「施洛德，不是我說你，身為一個說書人卻穿著如此破舊的衣服，難道你沒錢買新潮一點的服裝嗎？我才不要跟穿著寒酸的人出門，和我華麗的衣服根本匹配不起來啊。」

說書人忍耐地瞪著他，怒吼道：「既然如此，你現在就可以滾了！」

齊格弗里德裝做沒聽見說書人的吼聲，他每翻一件衣服，就要批評一次說書人的品味之差。最後，一件吊在衣櫃深處的綠色連身長裙，令他眼前一亮，伸手將那件裙子自衣櫃取下，驚奇地欣賞著它。

他心想，就算說書人有變裝的嗜好，他也不意外。可是他知道說書人沒這興趣，那麼衣服究竟是誰的呢？

齊格弗里德高高提起那件衣服，故意對說書人挑釁似的晃了幾下，口氣嘲弄道：

「你告訴我，這是怎麼來的？」

「這是我的東西，請你別亂碰。」說書人一臉被激怒的喊。

齊格弗里德點點頭，給了說書人一個微笑的表情，「我瞭解，但我只是好奇你怎麼會有女人的衣服，難道你是變態，偶爾喜歡做不一樣的打扮？」

「你瞭解個屁，快點還給我！」說書人急得走過去，神色慌張。

他沒察覺自己氣憤的表情，與他平常冷靜的模樣截然不同。當然，他因為只顧著搶衣服，以及咒罵齊格弗里德，根本沒空發現自己的失常。

齊格弗里德見說書人急怒地向自己走來，他露出一種拿玩具逗貓的惡作劇微笑，算準說書人把手伸過來的時機，立即將衣服拿開，讓說書人徹底撲空。

說書人回頭，看到齊格弗里德一臉從容地站在他身後，還咧著嘴微笑，他便恨恨地罵道：「你這個混帳，戲弄我有這麼好玩嗎？」

齊格弗里德盯著說書人，滿意地欣賞他狂怒的表情，並且把說書人的一舉一動都看在眼裡，好消遣他取樂。

「豈止好玩。以前看你老是一副敵視我的樣子，沒想到你生氣起來，臉紅通通的真可愛！如果我再多逗幾下，想必你連耳朵都會發紅呢……雖然我很想試試看啦，不過還是算了，先把衣服還你吧。」

說書人詫異又懊惱，還越想越氣，真恨不得能掐死齊格弗里德。但是他擔心齊格弗里德突然改變主意，不把衣服還他，只好快步走了過去。

「施洛德，關於這件衣服，我有一個疑問……這是伊索德的衣服嗎？」

說書人接觸到齊格弗里德的試探目光，他嚇了一跳，臉頰跟著浮起不自在的紅潤。他不等齊格弗里德有反應，便從對方手上迅速地搶回衣服，藉以掩飾自己尷尬的模樣。

也許，這對一向愛面子的說書人來說，根本就不希望被別人看見自己私藏妹妹的衣服，可偏偏發現這件事的，卻是他恨之入骨的齊格弗里德。

齊格弗里德得知衣服是說書人妹妹的遺物，愉悅的臉色沉了下去，目光變得銳利逼人，更吃味地問道：「你帶著伊索德的衣服，想當成有意義的紀念品嗎？可惜她已

不在這個世界，留著也沒用。」

這句話勾出說書人壓抑在心裡的無限感傷，有如穿心的箭，讓他不自覺地摀著胸口，思緒紊亂地喊出聲。

即使如此，他還是無法隱藏充滿憾恨的神色，目光變得黯然。

「這一切都是你這個始作俑者害的……難道你不明白嗎？」說書人說時，還摸著戴在右手的戒指，怨聲道：「我這麼做的目的，都是用來提醒自己要向你復仇，絕不可忘記那一夜的事。」

「真無聊。」齊格弗里德對說書人的這番話感到倦厭，便嘲弄地說：「看不出來，你還真想念你妹妹，一個死掉的女人，這麼值得你懷念？」

說書人一邊把衣服掛回衣櫃，一邊解釋地說：「是的，這種習慣源於十字軍東征時期，許多思念丈夫的女人留著一件丈夫穿過的衣服，只要夜裡孤單寂寞，就會像擁抱丈夫似的緊抱衣服……我這麼做，無非是為了在思念之餘，把伊索德的衣服貼近胸口，緩和心頭的痛苦。」

齊格弗里德聞言，反而無情的大聲笑道：「哈哈哈，一個男人居然有這麼高尚的嗜好，你的純情真令我感動。」

「想笑就笑吧，即使我向你解釋這麼多，恐怕你也不明白人類的感情，可憐的魔鬼。既然你不想瞭解我的心情，我也懶得跟你多說什麼。」

說書人怨怒地用眼斜看齊格弗里德，從衣櫃拿出一件灰色西裝與一件立領襯衫，打算換上。

當他解開身上衣服鈕釦的時候，忽然從背後感受到一股輕浮的窺視眼光。

說書人轉身看見齊格弗里德坐在椅子上，蹺著長腿，用一種無禮的侵略性眼神看他換衣服。

他皺了皺眉頭，委婉地說：「齊格弗里德，你把臉轉過去，別偷看我。」

「為什麼？我才沒有偷看，我是光明正大的看你。」

「我不管你想怎麼看，總之你這樣看我，會害我沒辦法換衣服。」

「想不到你還這麼容易害羞，不過我們都是男人，有什麼好怕的呢？」齊格弗里

德張開雙臂放在椅子扶手上，身體往後一仰，「快脫衣服，別浪費時間。」

這個男人究竟把他當成什麼了？

說書人吸口氣，制止自己發怒的情緒。他甚至必須忍著不去看齊格弗里德充滿冒犯的表情，才能勉強定下心神。

「很好，就是這種好像被推入火坑，飽受屈辱的眼神，迷人極了。」

說書人耳邊傳來齊格弗里德的笑聲，而且也是這道笑聲，逼得說書人將他踢出門外，才有辦法好好換衣服。

「滾出去，不要再接近這個房間！」

「砰」的一聲，說書人朝齊格弗里德的臉甩上房門，將那個惹人厭的魔鬼隔阻在外，可是沒過多久，房門又被齊格弗里德打開。

雖然說書人此時已經換好衣服，不過仍然被他嚇了一大跳。

齊格弗里德在說書人身上輕掠一眼，看他整裝完畢，小小聲的「嘖」了一下，然後笑道：「你這麼快就換上衣服了，可惜看起來還是像窮人穿的，一點男性魅力都沒有。」

「隨便闖進來，居然還敢說這種欠揍的話……」說書人握緊拳頭，伸手想去掏槍，「我猜你活得不耐煩，這麼想被我射成蜂窩的話，我現在就成全你。」

齊格弗里德沉默了一會，接著興奮地低語：「我剛才突然想到一件事，你如果沒有衣服可以與我華麗的一身裝扮搭配，我就叫人替你設計新造型。」

說書人驚訝地叫出聲：「什麼？」

「打鐵要趁熱，走吧。」

「我才不去！與其要穿你那種丟人的衣服，我寧可去死。」

「你別忘了喔，你說過要滿足我做一件事，而且你也已經答應我了。」

齊格弗里德拍了拍手，從房外立即湧入兩名管家裝扮的青年，分別左右架著說書人，把他從房內拉了出去。

「這……不要，放開我，放開我！」說書人的怒吼聲不絕於耳，「齊格弗里德，你到底想做什麼，給我說清楚……」

齊格弗里德兩手環胸，一副看好戲的愉悅神情，隨後也跟著走出房間。

對他來說，能盡情擺布說書人真是一件大快人心的事，到底說書人在他精心的設計下，會有什麼不同的新風貌呢？

他會衷心期待的。

第二章 籠中鳥

Siebte Aufzug : der gefangene Vogel

早晨十點鐘，寒冷的天氣漸漸趨於溫煦，雖然城裡四處散漫著迷濛的濃霧，但是卻沒有人能不為早晨清新的空氣感到舒爽。

就在這時，一道馬兒嘶嘶答答的奔馳聲響，伴著尖銳的剎車音，還有車夫的低喝聲，從廣場冷清的角落響起。

一輛上頭繪有華麗紋章的馬車，停在位於科米希城的北門廣場。

「先生、太太，可以下車了。」

車夫響亮的聲音由帘幕透進車廂，但是車子裡的人卻未有動靜，直到車夫再次催促，坐在馬車裡的人才慢吞吞地下車。

馬車的車廂門被推開，接著跳下一個穿著黑色緊身禮服的金髮男人，他轉身，溫和地伸出臂膀，攙扶車廂裡的另一人。

「已經到了目的地，親愛的，請下車吧。」

車廂裡的人動了一下身子，伸出一隻戴著有羽毛裝飾的黑網手套，輕放在年輕男人手上，被他扶下馬車。

溫暖的陽光掙破圍繞在城中的濃霧，進而灑在黑色背影，照出一副纖長細瘦的身段，以及一頭盤起的黑髮，還有帽子與衣領別著的紅色玫瑰花。

男人帶著臉上微笑的神情，注視穿著一身黑紫色長禮服，頭戴黑紗帽子的伴侶。他專注地看著對方那張不自在的冷怒面孔，不禁發出讚美的嘆息。

「親愛的，由你那頂黑色假髮梳成的髮髻，將你的氣質襯脫得成熟嫵媚。肌膚宛如凝脂一般，至於抹上紅粉的嘴唇，更是動人。雖然你一副不滿得想殺人的模樣，但是我相信，你改變性別當一個真正的女人，必然美得連女神都要嫉妒。」

被金髮男人讚美的黑髮女子……不，若照男人的視線看過去，對方掩藏在禮服底下的身軀，怎麼看都像個男人。

他頂著一頭黑髮，陷進發怒前刻的沉默，直到男人用關注的眼光瞄了他一眼，打扮成女子的黑髮男人，終於忍無可忍地爆出低嘶——

「齊格弗里德，你說要替我設計一個新造型，請問為什麼是女人的打扮？」說書人的聲調充滿忿怒，一臉不高興地瞪著面前的男人。

齊格弗里德面對說書人那張冷若凝霜的怒容，突然忍不住「噗」了一聲，在說書人發飆之前，急忙將唇邊顫出的笑聲消音。

「我以為你收藏女人的衣服，應該也不討厭穿女人的衣服啊？」他雀躍地靠了過去，將說書人的手臂挽在懷裡，「難得你五官端正，打扮起來就像個身材高眺的美女。我今天還真走運，看見你害羞的模樣，想必夜裡作夢也會笑。」

這傢伙居然用嘲弄的口氣對他說話，他發誓，他確實聽見偷笑的聲音！

說書人發現齊格弗里德輕浮地打量自己，心裡真是氣憤難忍。如果他沒有被齊格

弗里德找來的人架去一幢洋館，被迫穿上這種有如蛋糕裝的禮服……他一定會嚴拒到底，死也不換上女裝。

「你這傢伙，我明明說過那是我用來安慰心靈的……還有，不准你取笑我的外表，要不是受你控制，誰要穿這種衣服！」

「我不想聽關於你妹妹的任何一件事。我跟你走在一起，如此郎才女貌的一幕畫面真是羨煞旁人，你不應該感謝我嗎？」齊格弗里德口氣強硬地說。

「這種不要臉的話，你都說得這麼順口，你不怕丟臉，我還想顧全我的面子。對了，我為什麼要感謝你？」

齊格弗里德嘲弄地說道：「因為你現在的身分，可是我這個青年企業家的夫人……親愛的。」

說書人隱忍了很久，對齊格弗里德的不滿終於爆發，「我就覺得自己是被一個胡鬧的惡作劇給弄來這裡……誰要當你的夫人，我要回去！」

「你想言而無信？這個代價不划算喔，還是乖乖跟我走一趟才實際。」齊格弗里德朝他伸手，無視他僵直的臉孔，一對哀怨的眼神和抿直的嘴唇，紅眸半瞇地看著他，「把手放過來，這也是約會的一個過程。」

說書人猶豫很久，他懷疑自己好像被齊格弗里德吃定一樣。儘管他一臉不爽，還是把手伸過去，隨即被對方親密地挽著手臂，走過廣場，來到一條寬敞的街上。

「你可以不要抓我的手抓得這麼緊嗎？」說書人低聲說：「你到底要帶我去哪裡？」

齊格弗里德不理說書人，故意轉移話題道：「先聽我說話，你知道奧古斯特區的中央展覽館嗎？我說的聚會就在那裡舉辦，很有意思喔。」

「展覽館？」

「是啊，有很多稀奇古怪的藝術品都在這裡展出，你一定要好好欣賞。」

說書人聞言，原本已經壓下的怒火，又再次升上心頭，「搞什麼，我不是跟你來逛街的！」

「嗯，我知道，是約會嘛……但是我就想跟你來看展覽，提高一點藝術水準。」

齊格弗里德的眼底帶著笑意，好似想看說書人困窘的樣子。

「難道你帶我來這裡，只是為了無聊的展覽？」說書人對挽著自己的男人就是沒有好感，誰叫這人老愛捉弄他。

「當然不是，不過你可不可以安靜一點，這樣沒有貴婦人的神態……好吧，看展覽是藉口，把你約出來才是真的。」他眨著眼睛，閃動惡作劇的光彩。

說書人跟齊格弗里德走在路上，發覺面前不斷湧來三兩成群的行人。那些人的目光不斷看著他們倆華麗的裝扮，充滿欽羨——基於此，說書人只好表面上保持溫柔的微笑，但是跟齊格弗里德說話的語氣卻是尖酸刻薄，毫不客氣。

「去你的！若非答應你在先，我說什麼都不會穿這種衣服。」

齊格弗里德揚起笑容，「放心吧，我們的關係就像今天結婚，明天就離婚的夫婦。偶爾湊合在一起，有什麼大不了的呢？」

說書人盛怒之下勉強控制住情緒，沒變臉罵這傢伙，只是用更冷淡的表情狠狠瞪了他一眼。

兩人邊走邊吵，經過一段時間，很快地來到展覽館的正門口。

在齊格弗里德的帶領下，說書人看見一道拱形的雕花大門，連結著以石材砌造而成的磚牆建築。展覽館的結構充斥奢華的巴洛克主義，彷彿無人能比的華麗。

大門左右兩邊，各有兩扇長形的玻璃窗，拱廊的兩端放置幾個盆栽，而拱廊外側則放了幾把長椅子，好像是給訪客坐著休息的……總而言之，展覽館的整體外觀，給人一種裝飾簡潔而不複雜的好印象。

齊格弗里德挽著說書人走上臺階，將大門推開，相偕進入展覽館大廳，一道冰涼的冷氣隨即撲向兩人的臉。

說書人抬頭，發現展覽館內部的擺設，跟他想的不太一樣。首先，室內兩邊的牆壁皆漆成白色，天花板架設一盞盞的水晶吊燈，它們發出昏黃的光線，讓館裡飄浮著

一種寧靜暗沉的氣氛。

兩人走在鋪上紅地毯的走道，並隨意地向四周觀看，發現遠處未鋪上紅毯的地板是如此光滑明亮，還像鏡子一樣能倒映出人群的身影。

展覽館相當安靜，除了幾個貴族站在大廳低聲談話，整體氣氛呈現一種寧靜的味道。然而，洋溢著藝術與莊嚴氣息的展覽館大廳，卻被齊格弗里德的出現捲來了新的風暴。

說書人發現，自從他們進門之後，那些站在大廳的貴族全都向他們招呼而來。霎時之間，他們成為這幢展覽館最炙手可熱的焦點，人們無不崇拜地看著他和齊格弗里德，口中不斷讚美他們。

說書人不太習慣這種場合，轉而苦惱地看向身旁的男人，見他態度大方，自信的光彩由內而外，源源不絕的散發出來。說書人愣了愣，覺得不管從哪方面看齊格弗里德，他傲慢的高姿態氣息，就像一個真正的貴族。

是的，齊格弗里德向來喜愛華麗的服裝，他為了搭配說書人故而改變造型。除了頭上頂著許多貴族愛用的細捲假髮，身上穿著緊身及膝的禮服外套、合身的上衣與背心，領口還繫了一條寬鬆的藍色圍巾，下半身則順沿長褲至皮鞋，呈現出一股優雅的氣息。

不過，說書人也沒有因為穿上彆扭的女裝，因而一副扭捏作態的相貌。他的身體曲線雖然不像貴婦人般那麼玲瓏有致，可是以他的身高與外貌，依然吸引了不少人的注視。

齊格弗里德發現這一點，他得意地挽著說書人，婉謝貴族們的邀約。他們緩緩走到展覽館的走道入口，朝工作人員報上姓名，最後走了進去。

說書人心想齊格弗里德沒有說謊，這裡只有獲邀的貴族與企業家才能進入。但是，齊格弗里德為什麼要大費周章，帶他到這裡來?像這樣掩飾身分與名字就夠讓他感覺奇怪了，要是對方再不給他交代，他肯定掉頭走人。

說書人性格內斂，不太喜歡表達內心的情緒，但是他不喜歡過度壓抑自己的怒氣。他一面瀏覽展覽館四周的環境，一面想著要怎麼告訴身邊的伴侶，自己不想看掛

在牆上的油畫和展示古董文物的玻璃櫃……因為他一點興趣也沒有。

「你在想什麼呢？」

這時候，他聽見齊格弗里德的聲音，於是兩人的目光產生交會。然而說書人卻漠然地看著對方的笑容，甚至帶了一點輕視的目光。

齊格弗里德發現自己的微笑沒有得到好回應，他有點洩氣的看著說書人，試著親切地笑了一笑。過了一會，他用臉上那雙血紅色的眼眸盯著說書人，彷彿是要看透他似的。

說書人感受到挽著自己的男人目光，他不確定他能不能開口說話，但是他受不了對方這樣的凝視，以及……這個沉寂壓抑的氣氛。

「什麼也沒有。好了，看過這個展覽，好像還沒看到你說的好東西。不管你有多少理由強留我下來，我都要離開這裡，你聽清楚了嗎？」

齊格弗里德從喉嚨深處，迸出一道細膩而低沉的笑聲，「施洛德，看不出來，原來你這麼緊張啊？」

「什麼？」說書人眼裡盛著猜疑。

「我說，你害怕跟我獨處。」

說書人聞言，一臉被激怒地看著齊格弗里德，「我已經忍你忍夠久了，還有我的手，你到底要抓著不放多久？」

他厭惡地甩開齊格弗里德，隨即走到一個有樓梯的走廊轉角。

齊格弗里德糾纏似的跟了上去，站在說書人背後，口氣愉悅道：「難得我們相處得如此和平，你就不能對我再溫柔一點嗎？」

說書人被激怒地說：「對你溫柔？你可別忘了，我可是挺恨你的。」

「我沒忘，但是我也知道，人的心情會隨著時間消失。你現在恨我沒關係，因為總有一天你不會再恨我。」

「不，你根本不瞭解我的心情，我的恨是永久而深刻的。」說書人毅然道，急切地與他拉開距離。

齊格弗里德箭步上前，有些用力地扣住說書人的手腕。

說書人看見他深邃的眸子，不似過去充滿陰狠與惡意的眼神，取而代之的是溫柔。說書人嚇了一跳，認為自己曾經見過這種眼神，然而說書人腦中卻塞滿了一團混亂與困惑，整個人無法思考。

他瞪著齊格弗里德美麗的容貌，優雅的姿態，教人不敢隨意親近的邪魅氣息，明白這是世人受其引誘的原因。但是說書人看著這個男人，不知為何，就是無法把目光從對方身上移開。

這種感覺，就好像他被擅於操控人心的魔鬼誘惑……或者更早以前，他就已經被誘惑了。

齊格弗里德的目光堅定地看著說書人，血紅色的眸子散發著迫人氣息，「我很喜歡你這麼坦白的說話，但是你除了恨我，沒有其他想法了嗎？」

「放開我！」說書人心神一亂，急忙掙開齊格弗里德的掌控，似乎不願被他這樣看著。

然而，他邁開腳步的時候，將腳上穿著的軟皮尖頭鞋跟用力踩在地上。一個用力過度，腳踝的地方扭了一下，他吃痛的喊出聲，人也跟著重心不穩地跌坐在地。

說書人坐在地上，扶著腳叫疼，就是沒有力氣站起身。

齊格弗里德見狀，繞到說書人面前。看著他皺眉，額頭流下豆大的汗珠，便關心地看著他，問道：「你扭傷了，是不是穿了不習慣的鞋子的關係？」

「你走開，不要這麼惺惺作態，看了就想吐！」

「為何你總要用否定我的眼神，朝我的臉怒罵？我不是不想瞭解你的心情，只是有自己的堅持罷了……算了，你能站嗎？」

「不礙事，你少來管我！」說書人見齊格弗里德這麼溫柔體貼，他彆扭地轉過臉，不肯看對方一眼。

其實，這都是因為說書人本身不習慣這樣和齊格弗里德相處，以為這男人把他當成女人，想用另一種更惡劣的方式嘲笑他。

「你都受傷了，不能老實一點向我求助嗎？真是一個頑固的傢伙……」齊格弗里德嘆口氣，「這時也顧不得你喜不喜歡，只有冒犯你了。」

齊格弗里德心裡明白，說書人打死也不肯向他示弱，於是在一股衝動的作祟下，他攙扶說書人的臂膀，摟住對方的腰，一把將說書人抱了起來。

「你需要一個安靜的房間，讓我幫你看看腳傷。」

「齊格弗里德，你……你做什麼？」

「廢話少說，你這副模樣又不能走路，當然是我抱你走。」

說書人作夢都沒料到，齊格弗里德居然把他當成女人一樣抱在懷裡，更教他驚訝的是，齊格弗里德擁有一雙強壯的手臂，能輕而易舉地抱住他。

齊格弗里德看見說書人臉上的錯愕，忍不住笑道：「我知道你害羞，怕被別人看見這個樣子，不過先把傷給治了吧。放心，我不會讓你摔下去的。」

儘管說書人一直激烈地抵抗齊格弗里德，然而他受傷的那隻腳仍然使不上力，除了接受齊格弗里德的幫助，他還真的想不到要怎麼離開這裡。

就在這時候，一名在館內巡邏的工作人員被齊格弗里德叫住。

在聽取客人的需求後，工作人員帶領他們到一個房間，便快速地退出房間，還給房裡兩人獨處的安靜氣氛。

齊格弗里德讓說書人坐在床沿，自己則蹲在地上。

他掀起說書人的禮服下襬，輕柔地往上拉，接著抬起說書人的腳，發現受傷發紅的腳踝變腫，於是搖搖頭地說：「你看，逞強的後果就是這樣。」

「真正的始作俑者是你吧，若是你沒強迫我穿這種鞋子，我還會受傷嗎？」

「唔，的確是，不過只要用一點旁門左道的方法，很快就能治好了。」

「什麼方法？」

「施洛德，你忘了我是誰，擁有什麼樣的能力嗎？」

說書人被齊格弗里德以親暱的目光看著，他的內心升起一種微妙的複雜情緒。特別是兩人的互動，有種讓他說不出的奇怪感覺。

當齊格弗里德雙手的溫度，從他的腳邊滑了過來，說書人下意識抗拒著，即使這人專心地為他治傷，他卻不喜歡被一個男人這麼對待。

齊格弗里德低著頭，發出一種像是唸咒文的聲音，當他把手蓋在說書人的腳踝

上，過了一會移開的時候，原本腫大的腳踝恢復成扭傷前的模樣，彷彿已被他治好。

齊格弗里德滿意地看著說書人一臉驚奇的模樣，「下床走幾步路看看，如果有問題，我再替你檢查一下。」

「你果然是魔鬼，太神奇了，這樣就治好了傷。」

說書人照著他的要求，走了幾步的路，發現一點都不痛，忍不住對他另眼相看。然而過了一會，他知道不可以讚美魔鬼的力量，於是閉著眼睛，試著把內心的情緒變回最初一開始的淡漠。

不過，當他試著放鬆心情，吸了一口房間的空氣，他聞到齊格弗里德身上的煙草香味。那股味道與剛才對方治好他的時候，一樣讓說書人充滿了迷惑，他不懂這個人做事的動機，卻又無法忽視齊格弗里德溫和的目光。

於是，他禁不住內心的困惑，出聲問道：「這件事由我來問好像很怪……但是我想知道，你為什麼要跟我周旋這麼久，甚至對我不像對其他人那樣除之而後快？」

齊格弗里德望著說書人，默而不答。

說書人彷彿第一次有這種感覺，他聽見內心深處有一股顫動的溫柔，似乎是被齊格弗里德引出來的，他嚇了一跳。

「齊格弗里德，你說話。」他催促道。

「嗯，我可不知道要說什麼。但是我覺得很奇怪，像這麼簡單的事也要我回答你才明白……喂，有沒有人說你很鈍哪？」齊格弗里德嘲弄地笑道。

「你不要用這種口氣跟我說話。」說書人覺得被嘲笑了，臉色變得難看。

「施洛德，你想知道我為何糾纏你嗎？因為你是我取樂的對象，而不是其他特殊的理由，你一點都不特別，只是剛好被我拿來消遣的玩具。」

「喔，那還真是謝謝你了。」說書人語氣僵硬。

齊格弗里德聳肩，「無所謂，反正你道不道謝，對我一點意義都沒有。只是我如此溫柔地對待你，希望跟你和平相處，你卻沒發現我的心情，實在教人難過。」

說書人被激怒地說：「你想跟我和平相處的話，先向你為我做過的事道歉，然後跪下來，哭著說你錯了……你把我害成這樣，這個要求不過分吧。」

齊格弗里德看著說書人，收回了溫柔的目光，變得毫無感情，「我為什麼要道歉？這都是你從來沒有好好思考過我這麼做的動機，真的要說，這一切都是你的錯，是你不好，誰叫你腦筋這麼遲鈍！」

說書人粗魯地抓住齊格弗里德的肩膀，好像聽不懂他的言下之意，「我不管，你欠我那麼多，總該說句『對不起，我錯了』吧？」

齊格弗里德以眼中尖銳的冷洌光芒，毫不退縮地注視說書人，「你的意思是說，想跟我清算所有的舊帳嗎？」

「沒錯，因為我不想跟你玩無聊的遊戲了。」說書人的手往肩膀滑下，緊揪著齊格弗里德別有寶石的領巾，「你把我妹妹殺了，又把我的人生毀成這樣，還強迫我簽亂七八糟的契約……現在遊戲進行到現在，要怎麼結束？」

「毀了就毀了，又沒什麼大不了的。這世上被我搞得沒有人生的人，可是多得數不清，難道我都要一一向他們道歉嗎？」齊格弗里德一道帶著濃厚鼻音的冷笑，散發著對說書人的不屑與鄙視，接著又說：「別一副潑婦罵街的樣子，難看死了，別人還以為是夫妻吵架呢。」

「好、好樣的……齊、齊格弗里德！」說書人見他死不認錯，氣在心頭，在一個失去理智的衝動下，大聲吼道：「如果我是女人，就算天底下的男人都死光了，我也不會嫁給你當老婆！」

「幸好你不是女人，否則我可倒楣了。什麼壞事都不許做，動不動就朝我開槍，我還不如自行毀滅算了。」齊格弗里德冷靜地回答。

說書人心裡有太多混雜的情緒，一時沒辦法細細思考，只好對他嚷道：「很好，那我是不是能離開這裡？既然你找我出來的目的已經達成，讓我走吧！」

齊格弗里德聽見這話，便說：「喔，看來你真的很沒耐心，我本來想看過展覽後，就帶你去參加那個神秘的聚會。你一定不知道聚會就辦在展覽館的地下室，那些貴族表面來看展覽，其實都是別有用意。」

說書人滿臉不信地看著他，「老實告訴我，你有什麼目的？」

「就如你剛才說的清算舊帳，我也正有此意。所以我要給你一個最終試煉，只要

你贏了，我就會徹底消失在你面前……怎麼樣，要跟我下這個危險的賭注嗎？」

看著齊格弗里德一臉狡猾多詐的笑容，說書人咬著嘴唇，勉強鎮住了不安的心神，點頭問道：「如果，我輸了呢？」

「那麼，你跟我墜落到地獄，從此過著暗無天日的絕望人生。」

說書人思考自己該做出何種選擇，他不知道該不該答應齊格弗里德。但是此刻，他隱藏在心中，那道不可磨滅的傷痕隱隱作痛著，好像在催促他做決定。

「好吧，不管怎樣，我們長達數十年的恩怨都該有個結束。一切照你說的方式進行，但是請你記住，無論結局如何，我一定會殺了你。」

齊格弗里德靜靜地看著說書人，沒有回答。

他的眼睛深處湧出一種寂寞的神情，彷彿有許多說不出口，也不能說出口的話。他與說書人玩遊戲至今，確實消耗了許多讓他感到無聊的歲月，透過說書人的眼光，看到了以往自己不曾發現的精巧人性，不過這些都將要結束了。

是的，當他與說書人的遊戲告一段落，他就要回到過去，那個獨自一人仰望整個

世界，卻沒能抓住一點東西的孤獨日子……齊格弗里德說不出自己究竟想抓住什麼，不過當他看著說書人，卻不似以往的自信，反而有種沉重的感慨湧上心頭。

他雖然不在乎自己在說書人心中的感覺，然而能跟他以彼此對等的立場相處的人類，卻只有說書人一個。這種矛盾的想法，使齊格弗里德小心地不說出他的心情，而是嘆了口氣，無言地看著說書人沉靜而僵硬的臉，微微笑著。

齊格弗里德帶著換回男裝的說書人，兩人戴著半掩容的面具，來到了展覽館的地下室。

開設在地下室的宴會，散發出一道妖異玄奇的詭譎氣氛。正如齊格弗里德所說，他們先前打過照面的上流人士，統統戴著面具出現在這裡，好像這裡有比樓上的展覽更能吸引人的東西、更值得一看似的。

「怎麼樣，經過不同服裝的搭配後，你比較喜歡哪一種造型呢？」

說書人厭惡地看著身上的衣服，雖然不像齊格弗里德這麼華麗，但是卻相當緊貼身體曲線。連最隱密的地方也跟著明顯起來。害他尷尬得一邊走路，一邊遮遮掩掩，就怕被別人冠上暴露狂的標籤。

「我告訴你，下次我不會再相信你差勁的服裝品味。」說書人冷冷地說：「另外，這該死的面具有什麼用途？若是毫無意義的話，我可以將它拿下來吧？」

「唔，這玩意最好不要取下。」齊格弗里德制止地說：「這地方是一個遊走在法律邊緣的曖昧場合，在這裡發生的任何行為都不見得合法。有許多人擔心這一點，為了不讓別人看出自己的身分，所以戴著面具，久而久之便成為約定俗成的規則……我這麼解釋，你懂了嗎？」

說書人聽了，勉強點頭回應，「雖然我不喜歡陰暗的地下室，空氣也不甚流通，但是你說得好像很有道理，那就這樣吧。」

齊格弗里德朝說書人露出一道微笑，然後走到擺滿飲料調酒的桌旁，取了兩杯酒，一杯給自己，另一杯則給了說書人。

說書人喝了一口酒，滿腹疑問實在難以釋懷，只好找身旁的齊格弗里德詢問道：「你說，這個神秘聚會究竟有什麼神秘之處，為何那些上流人士要偷偷摸摸地跑來這裡，難道展覽館是他們掩藏不法行為的場所？」

「你真聰明，一猜就中。」齊格弗里德說：「展覽館展出的東西，多半都可以在這裡經由拍賣的方式取得，但是展覽館沒有展出的珍奇東西，這裡還是買得到……特別是不屬於這個世界的東西。」

「所以，你要我來看什麼？」說書人不耐煩地問。

齊格弗里德聞言，露出遺憾的神色，「我還以為你很聰明，沒想到現在才發現不是。」

「你再說得清楚一點，到底是怎麼回事？」說書人臉色不好地瞪著他。

齊格弗里德沉默地舉起杯子，神態從容地品味杯中物，就是不說話。

說書人不喜歡齊格弗里德的沉著，對方越是這模樣，他越不安。

也許是說書人一時情急，失去自己以往敏銳的判斷能力，否則說書人就該曉得，自己越急，魔鬼越會露出一臉高深莫測的冷靜微笑。

齊格弗里德除了享受周遭吵鬧的氣氛，也同時享受說書人著急的神色，讓人一點也感受不到他情緒的變化。

或者對一個不是「人」的魔鬼來說，他的本性就該如此。

當齊格弗里德喝完了酒，又從走過他身邊的侍者的托盤上，換了一杯新酒。就在這時候，他迎上說書人氣急的目光，便以曖昧難解的眼神說道：「平日不管我如何想辦法引誘你，你總有辦法抵抗我，這也無所謂，至少今天你是屬於我的。」

「來，喝下這杯侵蝕靈魂的美酒，我迷途的小羔羊。」

「你……說……什麼？」說書人火冒三丈地怒道。

「我知道，要問問題嘛，不過你先喝光我手中這杯酒再說。」

說書人懶得跟齊格弗里德爭論，於是搶過他的酒杯並大口喝下，發出「咕嚕咕嚕」的飲酒聲，「喝完了，可以繼續談話了嗎？」

「當然沒問題，你這麼乖，在下豈有不從之理。更何況你喝了酒，感覺會更興奮的。」

就在說書人覺得自己被齊格弗里德擺布，因而氣得發怒的時候，一道似乎是主持這場聚會的主持人聲音，響亮地傳到兩人耳邊。

「各位女士、先生，感謝各位親臨本次拍賣會，我們提供許多有趣的商品，讓各位公開競標。現在請有意願參與拍賣的客人就座，拍賣即將開始。」

站在兩人身邊的幾名男士聞言，開始熱烈地討論起來。

「等了這麼久，總算要開始了。」

「是啊，我先前聽說這次拍賣會有件好東西，是一隻神奇的小鳥！」

「關於這個，也是所有人大老遠跑來參加聚會的主因。」一個穿著黑色禮服、戴著花面具的紳士戲謔地調侃道：「男人一旦有了那隻小鳥，再也不對世上任何女人感興趣了。」

說書人聽見這段對話，便抱持非常懷疑的態度看向齊格弗里德，不知道這人為何

要帶他到這裡。他很討厭人潮擁擠的地方，也不喜歡隱藏自己的身分，進而偷偷摸摸買東西的感覺。

齊格弗里德無視說書人的偏見，微笑地催促道：「走吧，把你所有的不悅與猜測先隱藏起來，因為好戲要上場了。」

第三章 籠中鳥

Siebte Aufzug : der gefangene Vogel

說書人與齊格弗里德跟著人們，走到地下室其中一個被隔開的房間。只要環視一周，就會看見房間被高立的平臺、還有一層層疊高的席位包圍著，入口處以布簾掩著，散發一股神秘與不可告人的氛圍。

拍賣會設置在如此隱密的場所，讓所有人的情緒高漲起來。他們按捺著性子，各自入席坐定之後，手上都拿到了一個鐵鈴。

主持人在眾人的注視下走進房間，他身邊跟著幾個推著木車的助理，上頭放著被布遮住的拍賣品，引起人們一陣談論。

說書人板著臉，忍耐地看著齊格弗里德，一刻都受不了待在這裡。

齊格弗里德毫不在意身邊飄來的目光，他安穩地坐在位置上，偶爾也回應說書人一道瞇眼微笑，就是不說話。

過了一段時間，拍賣會終於開始。

其實整個拍賣的開場過程很簡短，不外乎是拍賣規則的說明，主持人講述商品的種類等等……在群眾不耐煩的噓聲抗議下，主持人先拍賣一般物品，拍賣的過程起起落落，沒有太明顯的熱烈變化。

主持人察覺買氣不佳，為了想炒熱拍賣會的氣氛，於是命令助理推出一臺木車，上頭放有一個以黑布覆蓋的巨大鳥籠，緊接著朝競標者展示地說——

「各位，這是本次拍賣最不可思議的珍貴動物……一隻精巧可愛，會說話的小鳥。她擁有鳥兒的翅膀，少女的外貌，這隻小鳥是世上絕無僅有的奇獸，請大家鑑賞一下。」

當數名工作人員合力掀開黑布，架設在天花板的水晶燈照亮了鳥籠，也吸引無數人驚嘆的目光。

說書人起初一點也不感興趣，他只是淡漠、不經意地看了前方一眼。沒想到平臺上的鳥籠，竟讓他黯淡的眸子一亮，再也不能客觀地觀察一切。

他的眼神有懷疑，有恐懼，內心更有一種竄進全身神經的顫悚感。

在平臺的木車上，他發現被囚禁在巨大鳥籠裡的少女，居然是他夢中百般追尋，卻早已消失在現實的身影。

那是夢嗎？不是，是真實發生在他眼前的……那個穿著單薄的黑色及膝裙子，背上長了一對黑色翅膀的少女，讓說書人震撼不已，即使她衣衫襤褸，他卻能從她臉上或悲或喜的神情變化，捉摸到昔日另外一個少女溫柔的神情。

「不……不可能，不……不可能。」說書人陷入震撼，他試著讓蒼白的面容保持冷漠，卻控制不了半張的嘴唇發顫，整個人更像跳針的唱機般，只能說出貧乏簡單的詞句。

這種壓迫他內心的感覺，一瞬間刺入他的意識，進而浮現於腦海，化成了具體的

聲音與印象。說書人極力抗拒，但是他相信自己就算逃避，也無法再度逃開了，他聽見自己發自內心的呼喊，在他腦海像漣漪般擴散開來。

是的，當面前出現被關在籠中的美麗少女，說書人隨即陷進絕望的深淵，因為那個酷似伊索德的少女，居然將所有回憶帶至他的眼前，讓他彷彿回到過去那個與妹妹相守的往日回憶。

當然，說書人再怎麼壓抑自己，他內心層面的掙扎、懷疑、抗拒，以及感性與理智的衝突，全都看在齊格弗里德深沉的眼底。

男人的嘴角揚起，一道蘊含殘酷的微笑便隨著他的聲音，被一大群男人的吼聲淹沒過去。

主持人發現拍賣的氣氛又被帶起來，他故意選在眾人目光集中於鳥籠的時刻，高舉著手，命令幾個工作人員合力將一塊巨大的黑布覆蓋至鳥籠頂端，將它徹底遮掩住，不讓人看見籠裡的少女。群眾失望地吵鬧著，拍賣會現場幾乎亂成一團。

「怎麼樣，是不是一件讓你想立即弄到手的好東西？」

說書人聽見耳邊傳來的男人聲音，順從的點點頭，隨即忘了齊格弗里德的存在。

對說書人來說，眼前的光景實在讓人難以置信。雖然他擁有良好的美德，懂得時時保持理性，不在人前出醜，可是像現在這種情況，已經讓他無法忍耐下去了。

是的，他感覺自己的呼吸變得急促，他的心跳在狂奔。

說書人全身顫抖，他懷疑自己掉進另一個他不知道的巨大漩渦，他喘著氣，眼裡盛著猜疑，漲紅著臉看向坐在他身旁的男人。

「齊格弗里德，你看見了沒?放在前面的那個籠子，裡面裝的是……」

說書人知道自己質問齊格弗里德的模樣，看起來相當氣急敗壞。但是，面對一個出乎他意料外的發展，他早就顧不得理性與禮貌。

齊格弗里德口氣嘲弄地答道：「我曉得。一隻小鳥，外貌很像伊索德的小鳥……」

說書人在齊格弗里德的牽引下，情緒激昂的大聲說道：「她不是小鳥，那是伊索德。雖然我不知道她為何出現在這個地方，甚至還有一對翅膀……但是我聞到她令人

感覺舒服、香香軟軟的氣息，因此我敢肯定她是伊索德。」

齊格弗里德見說書人失去往日的理智，居然毫不懷疑的接受了眼前衝擊的畫面，不但沒有思索，還加以全盤接受，任由與伊索德相似的身影慢慢侵蝕他脆弱的意識——金髮男人微笑了一下，如魔鬼般的心思掠過一種惡劣的遊戲構想。

誰教說書人過於思念死去的妹妹，他一定要善加利用這點，好好反攻回去。

「那麼，我請問你想怎麼辦？在場也有其他人想要那隻小鳥，看到那些人專程為了她而來，一副摩拳擦掌的樣子，想必等會將有一場龍爭虎鬥。」

說書人見齊格弗里德旁觀的態度，問道：「你想做什麼？」

「不是我想做什麼，是你接下來要怎麼做。」齊格弗里德引導地說：「告訴我，你想要她嗎？」

於是，在齊格弗里德高明的誘導下，說書人回應的口氣充滿了憤怒與激動，「當然，我不准有別的男人標下那樣商品，她是我的！」

齊格弗里德鼓勵地拍拍說書人的肩，一反平時總是阻礙他行事的態度，微笑道：

「很好，加油吧。」

說書人不是感覺不出齊格弗里德的變化，相反的，他感覺今天的齊格弗里德很奇怪，不是對他特別溫柔就是處處幫他。雖然兩人是敵對的關係，可又微妙地相互吸引著。說書人心裡怪著，可一時之間也找不到齊格弗里德的真正目的，只好爽快放棄。

「什麼加油啊，你給我負責買下來。」

「你命令我？」齊格弗里德驚奇地笑了笑。

「不行嗎？」說書人一臉受氣的看著他，「要是你拒絕，看我怎麼回敬你。」

齊格弗里德沒說什麼，只是毫無怨言的答應說書人的要求，「好吧，我只想問，如果我們把她買下來，你打算把那隻鳥當成動物或是人類？」

說書人聞言，有些惶惑與不安。可是這個疑問才一浮現他的眼前，耳邊就聽到有人搶先一步提出了問題。

「喂，拍賣會不是有明文規定，不能販售動物嗎？如今，這個不像人、又不像鳥的東西，算不算違反規定？或者這是從黑市流出的違禁品？」

主持人高聲答道：「這位先生問得好，本會的確不拍賣有生命的活物，所以我們今天的拍賣品是鳥籠，至於籠子裡面的物品算是附屬，因此不算違反規定。」

群眾譁然，座席上爆出一陣談論的聲音。有人憤怒，有人訝異，也有人相當淡然……反正來參加這種曖昧的聚會，美其名是拍賣，其實跟奴隸市場差不多。

「現在開始競標，有興趣的人歡迎按鈴喊價。」主持人打鐵趁熱的喊了起來，停留片刻又說：「在此提醒有意願下標的客人，本會規定出價由下往上喊，喊價最高者得標，競標者可以重複出價，相同價格僅限喊價一次。」

「十萬金古爾登！」有人迫不及待地出價。

「看我的，二十萬金古爾登！」一道清亮的鈴聲，又把競爭氣氛向上攀高。

說書人知道競買此物者不在少數，然而那些紛紛出價的吼聲，讓他感覺自己彷彿置身大草原，身邊圍繞著狩獵的獅子。那些男人充滿興奮的目光，個個張牙舞爪，看起來粗魯極了，萬一小鳥被他們買回去，難保不受折磨與凌虐。

不行，他要從這些人手裡，把鳥籠搶標下手不可。

齊格弗里德暗中觀察說書人皺眉的不悅神情，他笑了笑。「嚇到了嗎？這才是拍賣會的醍醐味。你覺得這像不像一群猛獅野狼，正在搶食一塊肉的場面？」

說書人眼神懷疑地盯著他，「現在是聊天的時候嗎？」

「咦，你也跟那些人一樣想搶到手不成？」

「我跟那些男人不一樣，我是為了我的……」

說書人的話還沒說完，齊格弗里德搶白道：「少裝清高了，從你踏進這個房間的時候，就代表你是一個內心藏滿汁穢慾望的男人，你跟別人沒什麼不同。」

齊格弗里德不堪入耳的話語令說書人感到難受，可又難以否認，只好板著張臭臉瞪他。

「好，來個一百萬吧。」齊格弗里德得以嘲弄說書人，心滿意足的按鈴，舉手喊價道。

「一百萬——」主持人複誦了齊格弗里德喊出的價位。

「一百五十萬！」有人按鈴舉手，趁虛而入的喊了一個比剛才更高的價位。

「兩百萬。」齊格弗里德又按鈴。

「兩百三十萬！」又有人按鈴。

提高出價的吼叫與鈴鐺的聲響持續不斷，熱烈的氣氛幾乎震垮了地下室。競標者的情緒在這一刻到達了最高點，座席上吆喝的聲音不絕於耳，每個人的目光都像貪狠的野獸般注視著拍賣品，還不時發出帶著慾望的喘息聲。

說書人厭惡極了，沒想到自己竟會身處這種環境，還成為其中的一分子。就算如此，他也不得不承認，這種令人感到暈眩卻又極為興奮的病態感，使他不可自拔地沉浸其中。

「齊格弗里德，繼續喊！」說書人聽不到身旁男人的說話聲，變得焦躁。

「噯，好累，我懶得像傻瓜一樣每分每秒陪著你，聽你這蠢到家的命令。不如這樣，你自己決定吧？」齊格弗里德一臉厭煩地靠在椅背，擺明不願配合說書人。

「三百萬！」就在兩人爭吵不休之際，又有人喊出更高的價位。

「齊格弗里德！」說書人怒氣沖沖地催促，「眼前別管這麼多了，你快喊個價，把那些競爭者的出價壓下去！」

「唔……我想想看，好麻煩喔。我只說帶你來看好東西，可沒說要幫你買下來啊！如果你這麼想要，為何不自己來呢？反正有錢就喊，沒錢拉倒。」

「可惡，竟敢說風涼話！你看著好了，我會喊一個讓你大吃一驚的價錢！」

說書人搶過齊格弗里德手上的鐵鈴，用力按了幾下，接著從座位站起來，神情激動地指著高臺上的鳥籠，放聲高喊：「那個東西我要了，就出一千萬金古爾登把它買下來！」

說書人出價之後，全場鴉雀無聲。每個人的目光都凝聚在他身上，頓時有許多人談論這場拍賣會出價最高的金主，居然是一個外表毫不起眼的灰髮男子。

齊格弗里德呆坐在原位，他沒想到說書人為了不讓別人標得商品，竟然喊出一千萬金古爾登的曠世奇價。他愣了愣，質詢地問道：「喂，你喊出這種價位，難不成你手頭真的有一千萬嗎？」

「怎麼可能，當然是我買單，你付帳。」說書人坐回位置，一臉理所當然。

「施洛德，老實告訴你，我付不出那麼多錢。」

說書人口氣愉悅地要脅道：「不，你一定要付這一千萬金古爾登，少一分錢都不行。」

「嘿，給我個不錯的理由，說服我吧。」

「因為這樣才能治癒我陪男人約會，還被男人抱的受創心靈。」

「真好笑，又不是一抱千金，你還真以為你的身體值一千萬啊！」齊格弗里德沒好氣地說。

說書人聞言，按捺不住壞脾氣，當場對齊格弗里德咆哮：「如果你敢不付錢，我回頭就找一千個男人強摟著你，讓你嘗嘗那種極為恥辱的感覺……怎麼樣，想試看看嗎？」

齊格弗里德爽快地舉手認輸，苦笑地說：「好吧，付就付。既然是你的要求，我只好依了你，誰叫我喜歡你，拿你沒辦法。」

說書人立刻回嘴：「說過幾百遍，我一點都不喜歡你這種人！」

「我又不是人，被你討厭也無關痛癢。好了，別耍嘴皮子，我們該辦正事了。」

說書人知道，齊格弗里德口中的「正事」，就是指拍賣會的喊價。畢竟這種先搶先贏的事，若不抓住機會，只怕他們想要的那個東西就要被別人搶走了。

可是，說書人仍然不清楚齊格弗里德行為的動機，再怎麼想，他都不像那種會受威脅的人，如果說是另有目的，還比較有可能。

也許，齊格弗里德心裡在想什麼，恐怕只有天知地知，以及他知了。

主持人很吃驚地看著說書人，直到他身旁有幾個人催促，才回過神似的趕緊複誦說書人的出價數字：「呃……一千萬金古爾登，還有競標者要出價嗎？有人想提出更高價位的話，請快喊價。」

全場仍舊一片騷動，但是沒有人敢出比一千萬更高的價錢。

「一千萬，　次。」主持人讀秒道。

拍賣會的騷動，頓時被壓制在一陣竊竊私語的氣氛之中。那些競標者的含怨目光像海浪般湧向說書人與齊格弗里德，朝他們指指點點。

「一千萬，兩次。」主持人為了平息眾人憤怒的聲浪，快速敲下拍賣槌，喊道：「拍賣成交！」

說書人放鬆地嘆了口氣，經過一番激烈的喊價決戰後，總算落槌定案。

「恭喜得標者，請上前來付款取貨。」

說書人走向平臺，要求工作人員掀開蓋住鳥籠的布，看見少女蜷縮在籠中，似乎睡著了。不知怎麼，他居然覺得心頭有種溫暖的感覺，好像只要這樣看著她，自己的一顆心將不再感到孤獨。

「施洛德，別一臉這個世界只有你跟那隻鳥存在的模樣好嗎？我這句話說了很多遍，要是你敢背著我偷跑，我可不會原諒你。」

說書人回頭，看見齊格弗里德出現在他背後，一臉冷笑。他還是覺得奇怪，齊格弗里德沒有理由幫他忙，這人的動機究竟是什麼？雖然他不太願意向這個魔鬼道謝，可是他知道，他們兩人的個性有個共通處，那就是討厭欠別人人情。

「我才不會那麼做。」說書人輕吁一聲，向齊格弗里德由衷地說：「你知道嗎？

雖然我一直都很討厭你，唯有這一刻，我要感激你的幫忙。」

齊格弗里德愣了一下，像是沒預料說書人有此回應。他神情淡漠地答道：「別謝了，你不需要放下身段說這種話，也不需要跟我客氣什麼。因為我並非為了你才這麼做，懂了嗎？」

說書人感覺有些不太舒服，心想自己都向齊格弗里德坦然道謝，怎麼這人就是不給面子？過了一會，說書人轉換念頭一想，猜測齊格弗里德這麼不坦率，會不會是自己老是不給他好臉色看的緣故？

雖然說書人相信齊格弗里德身為魔鬼，沒有善良的人性，也不知愛與美德的意義。但是在兩人日光交會的瞬間，卻又看見他的目光帶著讓人難以接近的溫柔。

說書人心裡矛盾，不知該如何適應，只好別過頭不去看他。

是的，這都是幻覺，即使他再怎麼相信人性的美好，也不可能改變邪惡的魔鬼，更何況，他根本不想改變齊格弗里德什麼。

說書人陷入自己的思緒，臉色沉了下去。

過了一會，他抬頭看見齊格弗里德不知對拍賣會的人說了什麼，好像已經付錢了，於是他走到對方面前，頑固地叫住齊格弗里德，臉色有些不自在。

「雖然你不需要我的感謝，但我還是想說……謝謝你。」

「你到底謝我什麼？」齊格弗里德狐疑地問道。

「謝你這個人就對了。」說書人聲音低沉，像對自己說話一樣。

「好吧，我收下你感激的心意，拜託你別再來煩我了。那麼，我已吩咐他們把東西送到我家，回去吧，我想好好休息。」

說書人不捨地看著鳥籠一眼，隨即跟著齊格弗里德離開。

拍賣會的人辦事效率很好，說書人才跟齊格弗里德坐著馬車，奔馳過一座幽深的森林，回到他位於近郊的一幢純白色洋館。沒想到一進門，用黑布蓋著的巨大鳥籠隨即映入兩人眼中。

齊格弗里德的房子高聳直立，裝潢氣派，建築精巧，完全符合他奢華的美感。不僅是平整四方的屋頂，深邃寬敞的走道與房間，當然還有一群年輕美麗的女僕供他差遣。只是，說書人對這些一概沒興趣，他真正在乎的，是藏在鳥籠裡的少女。

「先生，歡迎回來。」女僕齊聲喊道，又說：「您在外面買的鳥籠送來了，要不要檢查一下？」

「放著吧，我累了。」齊格弗里德走進大門，揮手斥退一票僕人。

他回過頭，日光落到說書人臉上急切的神情，不知怎麼回事，他心情頓時變得很差，不想跟說書人多說什麼，只指示女僕把鳥籠放在客廳，人就作勢上樓。

「齊格弗里德，等一下，你要把我扔在這裡不管嗎?這好像不是一個做主人該有的待客之道。」說書人滿腹不滿地喊了一聲。

齊格弗里德扶著樓梯扶手，轉身以禮貌的口吻說道：「該做的，我都為你做了，我想你應該也要尊重我的意願……不管怎樣，我要上樓休息一下，還有什麼問題

嗎？」

說書人聽出齊格弗里德的口氣，雖然他說話很客氣，不過表情卻明顯寫著「你再吵，我就把你趕出去」的意思。

齊格弗里德說：「我要告訴你，從這一刻開始，為了迎接更具衝擊性的震撼，你的心臟要更強悍，才能玩這個遊戲。」

「是嗎？你想利用籠子裡的鳥吧？」說書人問。

齊格弗里德笑而不語，過了會便高翹著頭，一臉驕傲地走上樓去。

主人一走，屋裡的女僕也跟著散開去工作。只留下說書人在客廳，任寂靜從四面八方湧來，將他團團圍住。

接著，一名女僕端茶給說書人，但是被他婉謝了。

對說書人而言，喝茶不是重點，而是怎樣在洋館主人的監視下，偷偷把少女帶走，這才是他跟齊格弗里德回來的原因。既然主人不在，他要辦事就順利多了。

他趁機接近鳥籠，一把將黑布掀開，見到籠中的少女仍然在睡覺，而且睡得十分香甜。說書人不禁苦笑，他心想這一路走得這麼辛苦，實在不想破壞她的安眠，於是忍下叫醒她的衝動。

說書人沉默地觀察鐵黑色的籠子，發現籠門掛上了一把鎖。他用手去拉卻打不開，只好改而向站在客廳角落的女僕問道：「抱歉，我想請問，這個鳥籠的鑰匙放置在何處？」

女僕默默地站著，她臉上陰沉的神情不討說書人喜歡，他總認為有什麼主人就有什麼女僕。如果不是這種時候，他才不想找這些臉色陰森森的女人講話。

「去找先生……」女僕轉過臉，目光尖銳而冰冷，「你只能找先生。」

說書人嚇了一跳，他感受到女僕的言下之意，彷彿希望他去見齊格弗里德。

「妳要我找妳家主人，可是他在哪一個房間呢？」

女僕臉上出現一道笑容，隨後嘴角的弧度漸漸擴大。

說書人看著女僕，而女僕也冷冷地看著他。直到說書人被女僕看得全身發毛，他討厭那種令人感到詭異的氣氛，只好像逃開她似的溜上樓。

說書人提心吊膽的走在二樓走廊，他對自己在屋裡亂闖的行徑感到有些在意。但是他必須找到齊格弗里德的房間，逼對方交出鑰匙，然後……

然後什麼呢？

想著想著，說書人心底突然劃出一個大問號，他答不出來，就好像他從來沒想過這問題似的。他深吸一口氣，不去想那些事。

這時候，一道典雅的小提琴聲，伴著平靜的古典樂旋律淒冷地響著。

說書人四下察看，發現音樂是從離他最近的房間響起，他側身站在房門前，握住門把，輕輕將門推開一條縫隙，不留腳步聲的走進房間。

打開門，並且再度把門帶上，說書人的動作一氣呵成，沒有發出半點聲音。

他靠著牆壁，耳邊聽著從陰暗房間傳來的幽靜旋律，眼睛卻看不見房內的擺設。也許這麼形容很微妙，但是眼與耳之間的抗衡，卻恰巧給說書人一種冰冷，卻又泛著沉重無比的壓迫感，導致他的內心有所動搖。

喜歡關燈睡覺，又矛盾地放著無法讓人入眠的音樂，這種睡眠習慣還真符合齊格弗里德的個性……說書人試著嘲笑眼前令他不適的情況，在適應暗淡的光線之後，他走到一張小茶几旁點亮燭臺，為整個房間喚來一絲柔和的燭光。

說書人藉由燭光之便，順勢觀察房間的擺設。他沿著茶几看過去，發現上頭有幾本書，還有一把隨手擱著的含鞘短劍。遠處躺椅上凌亂地散落著一件黑色禮服、一條藍色圍巾、一頂假髮。

當他收回看向遠處的目光，移到茶几旁的一張金色大床，他看著躺在床上的人，然後沉默了。

是齊格弗里德。

說書人坐在床沿，為了更看清楚床上的人一點，便拉開以軟紗製成的床幔，讓燭光照向齊格弗里德的臉。說書人見他睡得這麼沉，連有人闖進來都不曉得，看來他是真的很疲憊。

房內的音樂持續流轉著，繚繞著說書人耳際，說書人忘了自己來這裡的理由，而是低著臉，審視齊格弗里德的睡容。說書人發現他就算只穿一件睡衣，也堅持要走華

麗的風格，就忍不住對他綴著蕾絲花邊的睡衣衣領很有意見。

說書人無聲地嘆氣，他想只有這種時候才能考慮兩人彼此的關係。他原本以為自己能夠從容地將齊格弗里德玩弄在掌心，卻沒料到自己面臨仇恨時，竟也猶豫不決。

或許他無法真正地放下仇恨，也無法徹底原諒齊格弗里德。

當他問齊格弗里德為何要跟自己周旋這麼久的時候，看著齊格弗里德不說話的表情，他便深切的明白，一定要趕快結束這個遊戲，再周旋下去，只怕最後會感到絕望的人還是他自己。

說書人發現，當他內心的憤怒與亢奮到達極限，就會做出自己難以克制的失控行為。就像現在，他一回想齊格弗里德的所作所為，那股壓抑在內心的瘋狂悸動，便從神經末端往上攀升，直到佔據他的意志，支配他的行為，使他完全服從慾望，放棄了掙扎。

這種感覺，與在伊索德面前完全不同。

彷彿就像兩種不同的人格，在說書人心裡交叉出現，他總以渴求的眼光看著自己的妹妹，到了下一秒，他便會譴責自己的良心，試著朗誦一段聖經，藉以放逐那些不堪的思想。

然而，他不需要在齊格弗里德面前有任何保留，因為只要殺了這個沉睡的魔鬼，他就可以拋開所有掙扎、猶豫、懷疑跟信仰的衝突。

他要殺了齊格弗里德。

說書人的情緒被仇恨操縱，他抱著敵意，冷冷地看著齊格弗里德。

他下意識拿起最接近身邊的武器，一聲不響的將劍刃從鞘中拔出，坐在男人身上，右手舉高短劍，目光精亮地瞄準齊格弗里德的心臟，準備下手。

隨著說書人挪動身子，燭光照亮了齊格弗里德沉眠的面孔。說書人無意識的抿直嘴唇，倒抽一口冷氣，感覺全身十分緊繃，或者該說他不願意下手。

不，這是絕對不可能的。說書人暗中說服自己，他自從被齊格弗里德弄成這種要死不活的身體之後，從來沒有感受過快樂，一直活在與魔鬼的爭鬥之中……他失去了最愛的妹妹，打從心裡感到痛苦，唯一能解脫的方法就是殺了魔鬼。

可是，他為什麼感覺右手正在顫抖，沒辦法將短劍刺進齊格弗里德體內？他為什麼感覺如此徬徨，好像有什麼脆弱的東西被擊潰一樣……

如果他能在這裡殺了齊格弗里德，他們的遊戲就能劃下完美的句點。既然如此，他到底在猶豫什麼？為了拯救伊索德的靈魂，這是他必須做的事！

說書人壓抑不了胸口劇烈的起伏，這才瞭解到，原來他不想如此輕易結束，不管是這個受詛咒的命運，或是與齊格弗里德的遊戲關係。

他嘆了口氣，壓下心頭異樣的感覺，強迫自己恢復冷靜。

「齊格弗里德，我本來打算現在殺了你，但是念在你對我有一些好處的分上，我饒過你了。」說書人有些挫敗地放下短劍，卻意外迎接身下男子的目光。

「真遺憾，我覺得你應該一劍殺了我，這樣我特意為你準備的場景與道具，才能派上用場。」齊格弗里德睜開眼睛，期待萬分地仰著臉微笑，好像早就知道說書人的計謀。

雙方看著彼此，從對峙的氣氛感受到沉重與壓迫。

「你說什麼？」

「我說，你怎麼不殺我？殺人很簡單，殺一個可恨的魔鬼更簡單……難道你在害怕，或者心裡軟弱，掩飾不了你是個沒種的男人？」齊格弗里德惡劣的調侃道：「省省力氣吧，你永遠無法殺死我，因為你是個信仰薄弱的人類，而我是魔鬼。」

說書人被問得啞口無言，臉色變得蒼白，他以往建立起的自信與尊嚴，全在齊格弗里德面前蕩然無存，只覺得在一股昏沉的意識裡，重複響著齊格弗里德毫不留情嘲弄的笑聲。

他心裡激動，就將齊格弗里德的雙臂舉到肩膀上，接著扣住他的手腕，往枕頭壓上去。

這一連串的動作，不給兩人一絲喘息的餘地，顯得粗暴而急促。

說書人彎下身體，把手中的短劍要脅地抵住男人的脖子，全身處於一種憤怒的顫慄。「你竟敢如此看不起我？」

齊格弗里德兩隻手的手腕，被說書人扣死在枕頭上，已經無法動彈了，但是他一

點也不想反抗，而繼續操弄壓在自己身上的男人心理，以啃蝕說書人的心靈為樂。

「不是看不起，而是發現你內心不敢面對的事實。」

說書人心中一驚，極為訝異地看著齊格弗里德。過了一會，他默默鬆開手，用一張痛苦至極的臉色，注視著身下的男人，卻不想猜對方話中的含意。

「施洛德，看你勉強維持薄弱的信念，卻沒有真正體會到為何堅持的理由，難道你不覺得痛苦，甚至崩潰？」

「是，我已經崩潰過了，所以我已經沒有值得痛苦的事。」

「不對，你還是有。」齊格弗里德伸手指向他的左邊胸口，「伊索德……就是令你痛苦的事，對嗎？」

說書人沉默不語，然後挪開身子坐在床沿。

齊格弗里德從床上坐起，朝他微微一笑，「欠你的事，我想現在把它完成。這樣一來，我跟你之間的立場就可以對等，不再是服從契約的上下關係。」

「你到底在說什麼？」

齊格弗里德朝說書人勾勾手指，眼神透露出一股引誘的氣息，「難道你不想要嗎？改寫你身上的血之契約，解除伊索德靈魂的束縛？」

「啪」的一聲，說書人聽見短劍從自己手中掉落在床鋪的聲音，他精神恍惚地看著男人邪佞的笑容，彷彿被讓人感到顫慄的炙熱體溫攫奪了心神。

第四章 籠中鳥

Siebte Aufzug : der gefangene Vogel

說書人與齊格弗里德面對面的坐在床上，當兩個人互看彼此，深陷於微妙的寂靜氛圍，卻又難以打破這尷尬的局面。

齊格弗里德收起笑容，冷靜深沉地打量說書人，眼底掠過一道審視的目光。直到他發現說書人移開視線，便出聲說道：「知道嗎？幸好你沒有傻得用那把短劍殺我，顯然你還有一絲智慧，值得慶幸。」

說書人眼底盡是困惑。

齊格弗里德瞇眼笑了一下，「你看過有人用普通的鐵刃驅逐魔鬼嗎？」

「哦，你在指這件事。」說書人不太想談，連忙拿起床上的短劍，收到自己手邊，「我沒想那麼多，只覺得就這麼殺死你，會讓我以前受的苦全都白費。」

「是嗎？」

「我很遺憾沒殺了你。」說書人停頓片刻，說：「可是若殺了你，我妹妹就不能從你的詛咒中脫離……所以，還好我的理智阻止我做傻事。」

齊格弗里德望著說書人，鮮紅的眼眸滲出令人不寒而慄的抑鬱神情。他挪挪身子，往前靠過去，伸手扯住說書人的西裝領子。趁對方尚未有反應之前用力拉開，隨著衣服磨擦的聲響，說書人身上潔白的襯衫與咖啡色背心，便映入他帶笑的眼底。

說書人回過神，驚詫地看著面前男人的無禮舉動，像驚醒般推開對方。過了好一會才找回自己的聲音。他一面拉上西裝，一面朝齊格弗里德大吼：「你做什麼？」

齊格弗里德不理說書人，也不說話，手段強硬地脫掉他的西裝，然後丟到床下。

「你到底在做什麼？」說書人不爽地瞪著齊格弗里德，簡直要氣炸了。

齊格弗里德眼光銳利地掃向說書人，「幫你脫衣服啊，畢竟這種事，不脫衣服很難做。」

說書人見齊格弗里德伸手過來，趕緊用力撥開，倔強得不肯服從。

齊格弗里德無奈的嘆口氣，「怎麼，你不是要我幫你改寫契約內容嗎？」

「這跟你現在的行為有什麼關係？」

「當然有關係，因為我需要你的身體跟我配合，如果你抗拒，我會很為難的。」

齊格弗里德伸手去碰說書人襯衫的立領，取下領結夾，以纖長的手指挑起蝴蝶結的紅色垂帶，輕柔地向下一拉，就這樣解開衣領的束縛。

說書人試著鎮定情緒，但是在齊格弗里德帶來的詭譎氣氛下，他變得容易慌張失措，毫無招架的力氣。

這時，齊格弗里德撫慰他情緒的說：「施洛德，你不要亂動，忍一下就過去了。不會很痛，只有一點點痛罷了。」

「你別故意說這種令人誤會的話，把你要做的事說明白一點！」說書人越聽越不明白，只覺得憤怒。

「我的意思是說，我解開你的衣服，直接觸摸你的肌膚，將我的血送進你體內……或者你要我用其他方式把血注入你體內？有的話可以提出，我不反對你換新花樣。」

「一定要這麼做嗎？難道沒有其他方法可以試？」說書人不願意配合齊格弗里德的安排，神情彆扭地說：「兩個男人坐在床上，還靠這麼近……不管怎麼看都很奇怪，要是被別人看到，傳出謠言怎麼辦？」

齊格弗里德驚訝地說：「原來你身為男人，竟也會在乎名節呢！」

說書人被他看得渾身不自在，一點都不適應這曖昧的情況。

「那是當然，因為我不想被別人看到我和另一個男人坐在床上的樣子！」說書人花了一段時間深呼吸，好不容易平復自己紊亂的心境，才說：「總之，契約一事，下次再說好了。」

「不行，我這個人不管做什麼，向來都是隨心所欲。我說要做這件事，那就是現在做，除非你想一輩子都這樣過下去。」

說書人抿著發白的嘴唇，聲音有些無力，「你……」

「我考慮了很多，沒有任何比直接進行血液融合還來得方便的選擇。施洛德，你別再彆扭下去，像個男人爽快點吧。」

說書人被齊格弗里德如此輕視，他受到刺激，感覺面前男子的話語尖銳得像毒牙般扎進他的內心，讓他壓抑的臉色抹上一層掙扎。

齊格弗里德眼神堅定地看著說書人，以攝人心魄的低沉嗓音，操弄他混亂的意識，直到對方被自己說服為止。

許久，說書人挫敗地嘆道：「你到底想怎麼做，先把話說清楚。我不要像之前被你設計那樣，掉進一個毫無破綻的陷阱！」

「感謝你的配合，在我為你說明改寫契約的過程之前，還要辦件事。」

「什麼？」

齊格弗里德以食指和中指，沿著說書人的喉結向下滑，然後將襯衫粗暴地扯開，同時還扯掉了幾顆鈕釦，徹底暴露出他藏在衣服底下的寬厚胸膛。

說書人的外表纖瘦，總是給人一種弱不禁風的印象。然而，實際脫下說書人的西裝，映入齊格弗里德眼底的男性身軀，卻是一個經過鍛鍊的強健體格。

齊格弗里德滿意地欣賞說書人帶著敵意的表情，「這樣就行了。」

說書人不悅的指控道：「你撕破我的衣服了。」

「抱歉，我沒有慢慢脫衣服的習慣，若有被冒犯的感覺，請你見諒。」齊格弗里德低沉地笑道：「反正等一下也會弄髒的。」

「你簡直有病。」說書人面色充滿厭惡。

「或許我真的有病，而且病得不輕……像得了什麼傳染病似的，不是自己痊癒，就是病得太重，無藥可救。」

說書人聽見齊格弗里德魅惑人心的笑聲，惡意地搔弄著他的耳際，不禁厭惡地皺眉。但，他知道自己就算閉緊眼睛，也要面對一場充滿羞辱與剝奪自尊的危險儀式。

此刻，說書人隱藏於內心的纖弱意識，悄悄地浮上腦海，衍化成一種難以自拔的敏感情緒。他察覺自己懷著緊張與期待，卻不知心中真正期待的，是妹妹將從詛咒中解放，還是與齊格弗里德近距離的接觸？

不，無論是哪件事，對他來說都太反常了。說書人抿緊嘴唇，責備自己不該感激齊格弗里德，這是齊格弗里德虧欠他，並且早該做的事。

昏暗的房間傳來男人冰冷的說話聲。

「現在，我要開始了，你準備好了嗎？」

說書人吸口氣，輕輕點頭。

「首先，必須從我們當初簽契約的方式重來一遍。也就是將我的血，經由你被割開的喉嚨傷口，注入到你體內……施洛德，你明白了嗎？」

說書人睜開眼睛，不太適應的瞄著他，至於嘴邊沒說出來的話，則是對齊格弗里德異樣眼光的抗拒。

說書人視線掠過齊格弗里德的臉，發現他的笑容帶著某種侵略性的成分，似乎自己就是那個將被他侵略的獵物……一瞬間，說書人內心有種奇特的感覺，要是換成以前的自己，也許連堅持下去的勇氣都沒有，只想落荒而逃。

現在的他並不害怕、驚訝，反而逐漸喜歡那種沉穩，並帶點愉悅的顫慄。

「那麼，我不說了。」齊格弗里德拿走說書人手中的短劍，不等他回應，隨即以銳利的刃口，在他裸露的脖子劃開一條淺淺的傷口，「感覺如何？」

「有點痛……還有點腥。」說書人嗅到一股血味，眉頭皺了起來。

「是嗎？」

說書人明顯感覺到齊格弗里德的異樣，他覺得很安靜，特別是在齊格弗里德幽暗的眼神底下，他討厭這種令人不舒服的氣氛。

齊格弗里德不作回應，他把刃口轉了一個方向，將銳利的劍尖往下刺，戳穿了說書人的皮肉，像挖掘甘泉般刺深、撕裂了說書人接近喉結的傷口。

一股刺痛與冷涼的感覺竄進說書人的傷口，他的肉體被短劍刺透，進而讓他難以忍受，然而這份痛楚卻勾勒起說書人的回憶。

過去，他曾經因為這樣而瀕臨死亡，但是現在，他一點也不怕。

就算傷口再深，血流再多，他都不為所懼——只因這是齊格弗里德跟他簽下的契約所致，並不是他的勇氣產生了影響。

是的，他的內心還是跟以前一樣脆弱，只是現在懂得隱藏弱點。

正當椎心的刺痛撕裂說書人全身神經，另一道難以控制的炙熱感，隨著鮮血像火花一樣從他傷口深處噴灑出來，濺濕他身上的襯衫。

那副模樣看起來，活像被殺人魔凌虐的被害者。

齊格弗里德審視說書人的傷口湧出大量鮮血，他伸出手指，往說書人脖子抹了一下，把沾血的指頭送到唇邊舔了一口，像吸血鬼般嚐著血味。

說書人被齊格弗里德這種舉動弄得很不舒服，下意識仍極力忍耐著。

「喔，你血的味道跟我想的一樣，就像甜美的甘露。」

說書人憤怒地瞪了他一眼。

齊格弗里德拿起短劍，飛快地往自己手腕劃開一道極深的傷口，他讓說書人微仰著臉，自己則舉高手腕，將噴湧而出的鮮血與說書人的血混在一起，一點一滴的流進對方體內。

在這時候，齊格弗里德鬆下雙肩，用手指抵起說書人的下巴，他的臉靠了過去，讓沾上血跡的薄唇貼著說書人的喉結，像呢喃一樣的低語無人聽得懂的語言。說書人仍然極力忍耐，等到齊格弗里德與他溫熱的氣息一同離開，才終於得到解脫。

「現在感覺如何？」齊格弗里德用手抹去唇上的血，一副曖昧的口吻。

「沒感覺！」說書人逞強的移開視線，不想看這人意猶未盡吮去唇上鮮血的樣子，便說：「這樣就算修改契約了嗎？」

「是的，剛才我在你的血中送入修正後的新契約，現在你的血已經止了。不過以後你再受重傷，要是不治療可是會死的喔。」

說書人不放心地問：「那我妹妹的靈魂……」

「解除了。」

正當說書人放心的時候，他體內兩種新舊血液產生了變化。一股血液之間彼此抗拒，卻又互相吸引的衝擊快感，迅速征服了說書人。雖然他不肯承認，但是兩人的血液在他體內交融，那種讓人熟悉卻又痛苦的灼燙感，竄遍他全身的血管，燒掠他全身每一寸的肌膚，他必須極力掙扎才能制止自己發出喊叫聲。

「施洛德，你還好嗎？」齊格弗里德伸手碰了說書人一下。

沒想到齊格弗里德這麼一碰，說書人抱著身體跪倒在床上，全身劇烈急促地抽痛。他疼痛難忍，就算極力壓抑住，還是無法擺脫那份苦痛。

「施洛德，你要忍一下，過去就沒事了。」

「少……少碰我，都是你……害的。」說書人聽他說得這麼輕鬆，在痛苦之餘，怨怒地看著這個讓自己絕望的魔鬼。

「還是很難過的話，不如試試這個吧。」

齊格弗里德扶起說書人癱軟的身體，取下自己領結別針的藍寶石，掀開說書人的衣服下襬，將手伸進衣服裡面，直接讓寶石觸碰說書人的身體。

「齊格……弗里德，你在做什麼？把你的手拿走……我死也……不向你求助！」

說書人發現齊格弗里德不顧他的意願，居然這樣冒犯他，他氣得大吼。

只是那聲音聽起來相當無力。

「不要逞強，我在試著使你舒服一點，把你的身體託付給我吧。」

齊格弗里德神情凝重，「忘了告訴你，當我的契約之血注入你體內，會因為它們改變你身體結構的關係，導致你出現痙攣的症狀。針對這點，我的藍寶石藉由觸碰你的身體，賦予你治癒的能量。」

說書人雙手撐在床上，根本沒體力聽齊格弗里德那些廢話。他無力地靠在齊格弗里德的身上，難過的喘息。

說也奇怪，就在齊格弗里德把寶石放在他身上，說書人感到身體的一陣劇痛都被另一道純淨的冷流吸收，疼痛開始有減緩的跡象。

「好多了沒？」

說書人推開齊格弗里德，低下頭，難以置信地看著從藍寶石迸射出的冷光。

他點點頭，讓齊格弗里德把手收回去，將寶石別回衣領。

「你剛才對我做了什麼？」說書人語氣僵硬地問。

「幫你療傷，只是不想看你死在我床上。」他發出詛咒似的笑聲，企圖惹怒那個一臉緊張的男人。

「不……我問的是，你居然一再幫助我，這並不符合你行惡的美學。」

齊格弗里德聞言，臉上露出不自在的神情，彷彿對自己行為的動機也有些困惑。

或者，齊格弗里德自己也不知道，隱藏在他內心的高傲，使他喜歡跟說書人唱反調，故意惹對方生氣。然而面對說書人的質疑，他竟感到迷茫、矛盾，不知如何解釋他為說書人做的一切。

「為什麼？」說書人問：「我可以認同你能力強大，瞭解人心。但是以你的個性，絕不會因為善意而出手救人，你在打什麼壞主意嗎？」

「沒為什麼，你別想太多。」齊格弗里德下床開門，命令女僕送乾淨的衣服進來，然後撿起丟落一地的衣物，背對著說書人穿衣服。

說書人坐在床上，透過齊格弗里德的身影，感受他冷酷的心似乎變得跟以前不太一樣。說書人沒細想原因，只是反覆推敲這件事，未能做出一個結論。

當女僕送來衣服後，齊格弗里德將衣服往床上一放，對說書人說道：「雖然跟你

穿的不是同一款式的襯衫，不過你還是先換這件衣服，免得我看了礙眼。」

說書人本想道謝，但是他聽見齊格弗里德把人當成洋娃娃擺布的口氣，不禁壓抑了這份心情。

「我想知道，你解除加諸在我身上的詛咒，難道不怕我找機會殺你？」

「你連我最沒有防備的時候都下不了手，我還擔心你從我背後一刀殺過來嗎？」

「齊格弗里德！」說書人恨恨地盯著他，氣得眼睛冒火。

「唔，你生氣的樣子挺好看的，但是這身深紅色的染血裝束跟你不配，還是乖乖聽我的話。」他像逗小動物似的試探說書人的反應，低聲笑道：「你把我吵起來，想必是為了那隻小鳥來找我，如何，想去看看她嗎？」

說書人愣了一下，「你怎麼知道？」

「施洛德，在這世上，沒人比我更瞭解你所有的心事。」齊格弗里德看著說書人，向他示意的指指房門，「走吧，我們下樓去。」

說書人與齊格弗里德換好了衣服，重新站在鳥籠前方的時候，他們看到沉睡在籠裡的少女已經清醒。她以小鳥蹲坐的姿勢，好奇地看著兩人。她不怕生，就像活在籠中的鳥兒，習慣被陌生人盯著看，一如習慣被餵養的生活方式。

說書人看她像是無聊的觀察四周，振了振翅膀，抖落掉落的黑色羽毛，他伸手想去碰她，卻忍住了。

光是這樣看她，他心中便湧起一股不可思議的悸動。她神似伊索德的外表雖然甜美，但是面容蒼白，毫無血色，加上她背後那對黑色羽翼，使說書人更是在意。

她雖然很美，終究不是伊索德，充其量只是一個很像妹妹的人……但是，她到底是誰，依靠了什麼力量而生？為何長得這麼像伊索德？難道她也跟伊索德一樣，被什麼東西束縛綑綁，失去了賴以維生的自由，只能待在小小的鳥籠裡面？

說書人的困惑在沉默中與時俱增，他察看的眼光卻未從她身上移開過，彷彿他這

麼看就能在她身上找到證據。

齊格弗里德看穿說書人的不安，於是從褲子口袋拿出鑰匙，打開了鳥籠的門。接著命女僕扶少女出來，讓她適應新環境。

兩個女僕彎著腰進入鳥籠，一左一右的扶起少女走出籠外。

說書人發現少女走路一副搖搖欲墜的樣子，好像隨時都會跌倒。不過說她體力虛弱，倒不如說她就像嬰兒，從來沒有靠自己的力量行走過。

他神情緊張地伸出雙手，想要上前去扶她，卻又擔心她被自己嚇到，於是猶豫不決著。

就在這時候，少女抬頭看著說書人，身體搖搖晃晃走向說書人，跌入他的懷中。

說書人下意識以臂彎環抱著少女，就像他過去抱著伊索德一樣。

當他感受少女溫軟的體香，竟緊張得沁出汗水。說書人心中的感覺百味雜陳，即使他拚命告訴自己，懷中的少女不是伊索德，他仍然沒辦法釋懷。

少女抬起臉，對他毫無防備地笑了笑，然後問道：「你是誰？」

她看起來天真無邪，毫無心機，渾身散發一股清新的氣息，就像不知世上髒穢之事的小女孩。

說書人聽見少女說話，他沉痛地閉緊雙眼，不願作聲。這種問話的口氣，他比誰都印象深刻——少女柔和、宛如沙漠甘泉的甜聲，與伊索德極為相似，就好像出自於她的唇中，如果不是親眼目睹，他一定會以為妹妹復活了。

天啊，這世上怎麼會有如此不可思議之事？一個與妹妹外貌相似的少女，不僅說話口吻相似，就連聲音也幾乎完全相似，這些發現使說書人困惑不已。

儘管說書人內心複雜，他仍然打起精神，說道：「我是說書人，但是妳可以稱呼我施洛德，這是我的名字。」

少女張著嘴唇，像學說話的鳥兒似的緩慢唸著說書人的名字，「施……洛……德……施洛德，是這樣唸嗎？」

說書人用一張痛苦的臉色，靜靜地注視著少女，好像有許多說不出的苦。

過了一會，他以充滿憐憫的口吻對她問道：「妳怎麼會待在鳥籠裡面？妳是從哪

裡來的？妳有名字嗎？」

少女困惑地搖搖頭，好像這些問題對她來說太過深奧，她無法理解也無法回答，一點也不明白說書人的意思。

「妳連自己叫什麼名字也不知道？」說書人驚奇地問。

少女眨著明亮的大眼睛，她看說書人的時候，好像孩子看見玩具那樣的欣喜。

「施洛德，看來我們得為她取個名字了。」齊格弗里德說。

齊格弗里德發現說書人不理他，還把他晾在一邊去跟少女說話。他反倒沒生氣，看起來笑笑的。

「施洛德，我來為她取個名字吧，叫做阿加特，好嗎？」

說書人見齊格弗里德以反常的禮貌口吻，詢問他的意見，他訝異地問道：「你說什麼？」

「你不喜歡這個名字的話，難道在你心中已經決定好了名字……或者，你想叫她伊索德？」

齊格弗里德走上前，將少女從說書人的懷抱像撈魚似的搶了過去。他扣住少女的下巴，抬起她的臉，冰冷的眼神充滿審視的意味，就像在看自己買回來的商品。

說書人神情戒備地盯著齊格弗里德。不知為何，少女站在齊格弗里德身邊，她臉上流露出一副害怕的模樣，竟讓他想起五十年前悲劇的那一夜。

「你想對她做什麼？」他怒罵道。

「我還以為，你也許能夠體會我這番話的意思。你這個人的心態真是何等的可笑又可悲啊！我看見你用一雙發痴的眼神看她，簡直病態極了。我猜你一定想把她當成妹妹，藉以滿足你的渴望。」

「我不知道你在說什麼，如果你要叫她阿加特，那就這麼稱呼吧！」說書人知道自己的想法逃不過齊格弗里德的心眼，便壓抑地看著他，就怕他胡亂說話。

齊格弗里德低頭看著阿加特，微笑道：「可愛的小東西，現在妳是我的了，從今天起妳的名字就叫阿加特。」

阿加特有些困惑地看著齊格弗里德，也問：「你是誰？」

「小東西，叫我齊格弗里德，是我把妳買回來的……還記得我嗎？」

阿加特眨了幾下眼睛，翠綠色的眸子充滿無知與驚訝。

「我晚點找一套漂亮衣服給妳穿上，帶妳四處遊玩，享受人生。但是妳要服從我的命令，不能隨便離開這間屋子。」

說書人聽到這裡，再也不能漠視地看向齊格弗里德，「慢著，我不同意你這麼做！」

「為什麼我做事要經過你的同意？」

「因為……」說書人神情掙扎地看著阿加特，下意識呼喊道：「因為她是我的伊索德！」

說書人衝動出聲之後，飛快地摀住了嘴，無法否認剛才說過的話。他也許看不見自己滿臉寫著驚慌失措，可是他卻逃避不了自己的內心。

齊格弗里德沒有錯過這幕畫面，他神態從容的派女僕帶阿加特離開之後，興致盎然地走到說書人面前，露出一張齜牙咧嘴的陰森森笑容。

齊格弗里德以銳利的眼光，掃過那張寫著惶惑與不安的面孔，他心中極為喜悅，因為他終於等到說書人內心動搖的一刻了。

「施洛德，你很害怕吧，因為你沒想到自己一直忍著不說的私慾，居然還是脫口說了出來……何必擔心這些呢？你把阿加特當成伊索德也沒什麼大不了，她們確實長得很像。」

「但是，你若把對妹妹的愛，轉移到另一個女人身上，事情可就糟了。」

「你……不要胡說，這是不可能的。」說書人見齊格弗里德一語道破他的內心，大為震撼。

「難道不是嗎？你敢發誓，你從來不愛伊索德？在我殺了她之後，你不曾因為失去她的愛而發狂？現在有另一個伊索德出現在你面前，你應該高興得快要發瘋了！」

說書人難以置信地瞪著齊格弗里德，姑且不談他怎麼猜測，光是他那張充滿自信的挑釁眼神，便讓說書人胸口漲滿難消的怒氣。

「伊索德只是我的妹妹，除此之外，什麼都……」他辯解道。

齊格弗里德大聲打斷說書人，質詢他的聲音充滿誘惑，「你現在還想加以否定我？或者，你只是想否定自己骯髒的道德觀？」

「別害怕嘛，施洛德。你跟我本來就是一樣的，我們都用自以為是的價值觀看待這個世界，不是嗎？」

說書人忿恨地說道：「我怎麼可能跟你一樣？你自私、殘忍、無情……」

「對，可是你要知道，我生來就是喜歡追求醜陋的東西，一點也不虛偽做作。但是你卻隱藏自己的慾望，故作清高，難道你敢說自己沒有陰暗的一面？」

說書人張口結舌，被齊格弗里德問得啞口無言。

齊格弗里德把手觸向說書人顯得痛苦的臉頰，溫柔地撫著他的臉。可是唇下發出的聲音卻是陰狠毒辣，好像不擊潰說書人的理性就不善罷干休似的。

「瞧你現在的表情，正是我喜歡的矛盾與糾結。我跟你不同，越是不可侵犯的東西，我越要想盡辦法證明它不過就是虛偽醜陋的玩物……就像你一樣。」

說書人想要說話，可下一秒又被齊格弗里德壓住了氣勢。

「施洛德，我已說過買下阿加特的動機，不是因為你，而是我要用她來玩遊戲，好讓你自己發現，你深藏內心的真實人性。」

「看看你，外表看似正直的君子，實際上也藏了見不得人的壞心眼，是不是？你不瞭解自己、壓抑自己，所以你仇視我，把伊索德的死都怪罪到我身上，可是你卻從未發自內心承認錯誤……」

說書人不甘被齊格弗里德操弄於掌心之間，勃然大怒道：「我有錯？我有什麼錯？在我跟你玩遊戲之前，我過著和平的生活，是你闖入我的人生，破壞我的一切，強迫我活在你黑暗的世界……現在，你居然把一切的過錯歸咎給我？」

「沒錯，正是如此。」齊格弗里德冷笑地說：「老實告訴你好了，阿加特和伊索德長得很像並不是偶然，而是我一手促成的結果。」

說書人疲倦又虛弱，經過剛才的爭執，已經不想再跟這個男人周旋下去。然而齊格弗里德的聲音，卻把說書人的思緒拉回現實，帶給他另一個新的震撼。

「你難道不對阿加特背上長出一對翅膀的事，感到好奇嗎？」齊格弗里德試探地

問道。

說書人默默點頭。

「簡單說，她是我用人與鳥改造的人偶娃娃……很美吧？我把她的臉做得跟伊索德一模一樣，然後賣給人類，卻沒想到你會看中她。看你那副愚蠢的樣子就讓我想笑，竟為了無聊的罪惡感如此自責。」

說書人聞言，雖然對齊格弗里德的話大惑不解，可是卻聽懂了一句話。阿加特是齊格弗里德為了打擊他而製造的非人生物。

「你的意思是說……她不是鳥，也不是人，只是一具沒有生存理由的人偶？你為了打擊我才製造了她，再約我前去將她買回來？」

「差不多是這樣。」

說書人怯怯地伸出手，試著擋去面前男人的笑容，但是他做不到，只好把手縮了回去，然後低著頭，緊緊摀住耳朵。

「為什麼要這麼做？」

「你的問題真多，但是我願意告訴你，因為時間對我來說毫無意義，只要能成功毀掉你就夠了。她是一個成天呢喃自己沒有生存價值的玩具，現在我把她改造成這樣，讓她為了你而活……難道你不覺得浪漫嗎？」

說書人終於抬起頭，不由自主打了一個哆嗦。

「你別擔心，她雖然有伊索德的外表，不過她到底不是伊索德。你若是寂寞，我會大方地把她借給你玩玩……」

「你給我住口！」說書人突然暴躁起來，一雙閃耀怒火的眼眸充滿恨意，他揪著男人黑色的衣領，罵道：「為什麼要製造這種東西出來？」

齊格弗里德不以為意，聲音充滿嘲弄，「我把她複製成另一個伊索德，為了看你驚喜的表情，是不是很有趣？你怎麼不高興呢？」

「你想玩弄我對伊索德的感情到什麼時候？」

齊格弗里德聽了說書人的指責，就露出惡劣的真面目，並向他下了終結遊戲的最後一次挑戰。

「沒有為什麼，因為我看你不順眼，想證明你跟我一樣汙濁，那麼我的目的就達成了。再說玩弄你滿有趣的，特別是你對自己妹妹感情的掙扎，讓我心中那些因你而生的屈辱，全被一擊潰散了，好舒坦哪。」

「施洛德，你這個人一點也不單純，外表看來好像容易對女人動心。你說穿了也只是利用其他女人的感情，來忘記自己沉重的過去……你知道嗎？我最喜歡從遠處欣賞你因為恨我而無力的模樣，這個無法幸福又渴求著幸福的你，看起來最迷人了。」

說書人大為憤怒，「你這麼做，只會讓我恨你入骨！」

「恨我吧，只要有你的恨，我就能永遠擁有你寂寞的心。」齊格弗里德走近說書人，以強調的口吻說道：「還記得你答應我的事嗎？只要你輸給我，我就要帶走你的靈魂……到時候，你就是我的了。」

說書人聽完這番話之後，已經不想浪費體力跟齊格弗里德爭辯，這對他來說只是多費唇舌。他並不害怕自己的靈魂走向地獄，但是卻痛恨齊格弗里德不遵守約定，居然一再玩弄他對伊索德的感情。

「齊格弗里德，我以為在你心中，並不存在真正的邪惡，你只是觀念與我不同……但事實證明我錯了。你為了達成目的，不擇手段打擊我，再一次讓我瞭解到你這個魔鬼，當我贏了遊戲，也就是你死在我手裡的時候！」

齊格弗里德並不在乎說書人的威嚇，而是把身體更靠近他，聲音低沉得一如來自地獄深處：「你有本事就殺死我吧。不過我要提醒你，你就算再恨我也逃不開我的掌控……我永遠都不會離開你。」

說書人沒有聽清楚齊格弗里德話中的含意，他覺得怒火中燒，感到眼前的一切都極為不堪，卻又無法因為視而不見就當它不存在，只好不顧一切的反擊回去。

「很好，我永遠也不會原諒你。」

齊格弗里德看著被憎恨扭曲臉孔的說書人，他心中有些微妙的變化。他下意識的忽略那感覺，試著讓情緒變得冷靜，「好吧，這次我放過你。至於那個少女，因為是用鳥加工的劣質物，生命比人類還要脆弱，你不如把她當成伊索德的替代品，好好疼愛她吧？」

「你實在太無恥了！」說書人再也不能忍受，氣得揮拳相向。

齊格弗里德立刻接過說書人的拳頭，微笑地說：「無恥？難道你心中不曾想吻她粉紅色的嘴唇，把她推倒在床上，將她佔為己有？」

說書人臉色發青，憤怒地咆哮道：「你以為我像你這種人一樣？」

「難道不是嗎？至少一個正常的男人，都曾對女人動過這樣的念頭。當然，像你這種習慣將不堪的感情堆疊在成串謊言中的人例外……」

說書人惡狠狠地瞪著齊格弗里德，「我受夠了你的胡言亂語！今天就算了，我改天再登門拜訪……如果你敢背著我殺了阿加特，我會殺了你！」

「我怎麼捨得殺她，她可是誘你上門的餌……我期待與你再度相見。」

說書人不願再聽齊格弗里德的話，於是他像逃避似的離開洋館。

「只要她在我手上，你就會回到這裡，一步步踏進我的陷阱。」齊格弗里德站在大廳，回頭看了鳥籠一眼，臉上帶著愉悅的笑容。

Siebte Aufzug : der gefangene Vogel

籠中鳥 第五章

數日後，說書人再度來到齊格弗里德的洋館，他穿著整齊，態度很有禮貌，手邊還帶了禮物。守門的女僕為他開門後，他便順利地見到阿加特。

他走進屋裡，第一個映入眼簾的畫面，讓他打從心裡感到美好，更是他夢寐以求卻難以接近的渴望。

他注視獨坐在大廳的少女，試著想跟她說說話，然而他卻猶豫起來，一雙腳像被釘子釘在原地，進退兩難。

說書人發現少女披著一頭至腰的棕紅色鬈髮，頭上戴著髮帶，身上穿著馬甲款多層式的過膝洋裝，腳下穿著黑襪、短靴子。她看起來與穿著樸素的伊索德有很大的不同，甚至比伊索德的裝扮更華麗。

過了一會，少女發現說書人站在門邊，她揚起一對祖母綠的眸子，朝說書人揮揮手。「施洛德、施洛德，你是來找我的嗎？」

說書人愣了一下，被動地走到少女面前，「妳好，阿加特小姐，幾天不見，妳的臉色看起來紅潤多了。」

阿加特傾著臉，愉悅道：「嗯，因為齊格弗里德說我可以不用睡在鳥籠，不用再穿舊衣服。我從來不知道睡在溫暖的床上這麼舒服，就算把翅膀張開，也不必擔心空間太小……」

說書人緊盯著她，發現少女變得會說，變得會笑，變得令他更加動心。但是，他卻對這樣的她感到不知所措，不曉得怎麼說話才符合紳士的禮節。

他憂慮地環顧四周，說道：「齊格弗里德不在嗎？」

阿加特點頭，「嗯，他這幾天都在睡覺。我一個人在這裡好無聊……施洛德，你陪我玩好嗎？」

說書人望著她散發玫瑰色的清麗臉頰，少女純真的笑容繚繞在他心頭，讓人難以抗拒。當他這麼思索，便把煩惱與不愉快都扔向腦後，跟她一起坐著聊天。

「好，我陪妳玩，但是在那之前，我有禮物想送給妳。」說書人拿起一個盒子，遞到阿加特面前，然後把盒子打開，把放在裡面的物品，一件一件如數家珍的展示給她看。

說書人看見阿加特把玩那些禮物，浮現如伊索德那樣的微笑光彩，她依偎在他身邊，讓說書人打從心裡感到滿足。

他臉上堆著笑容，不是那種偽裝做作的笑，而是過去他與伊索德在一起時的溫和笑意。是的，他帶的禮物都是伊索德喜歡的東西，就算阿加特不明白，他也想把這些東西交到她手上。

阿加特興奮地說：「這個盒子裡有書、花、寶石、卡片……你居然送我這麼多東西，你真是個親切的人，而我卻沒辦法送你什麼，對不起。」

「阿加特小姐，妳為何要道歉呢?這是我能為妳做的事，請妳不要跟我客氣。」

「施洛德，我總覺得跟你在一起，有種像跟家人相處的感覺。如果你不介意，請叫我的名字，好嗎?」

說書人點點頭，聲音低啞地說：「好的，阿加特。」

正當說書人懷著溫柔與愛心的看著阿加特，便發現她懷中抱著一個鳥籠，裡面有一隻白色小鳥，並且從籠中不斷飄出發光的白色羽毛，是個神奇的景象。

「這是什麼?」他問。

「喔，這個呀，這是齊格弗里德給我的。他說我要保護這隻小鳥，不要讓牠離開我，所以我就抱著鳥籠，跟小鳥說話。」

他失笑道：「但是，小鳥聽得懂妳說的話嗎?」

「會呀，小鳥看到你來了，叫得比平常還大聲，牠一定很喜歡你，想唱歌給你聽。」阿加特天真地看著說書人，一副說故事的口吻，「所以我跟小鳥說，是呀，比起喜歡我，施洛德一定更加喜歡你。」

「不，妳錯了，阿加特。」說書人疼惜地摸著她的頭，眼神深邃而平靜，「在這個世界上，我真正喜歡的只有一個人。」

阿加特驚訝地看著他，「比喜歡小鳥還要喜歡嗎？」

「至少我認為，我喜歡她，就跟喜歡妳一樣。」

阿加特有些迷糊了，她不好意思多說什麼，便對說書人笑了一笑。

兩人相處了不少時間，說了不少話，對說書人而言，這是令他難以忘懷的甜蜜時光。儘管他因為說太多話而想喝杯茶休息一下，然而迎上阿加特美麗的眼眸，他就會忘記自己的身分，全心全意的對待她，就像對伊索德那樣。

就在此時，待在大廳的兩人見到齊格弗里德下了樓，原本愉快的氣氛變得僵硬。說書人更是與齊格弗里德展開一個戲劇化的對峙場面。

「施洛德，你人來了，怎麼不通報女僕一聲，我好招待你。」

說書人很熟悉齊格弗里德虛偽的口吻，他根本不想與這個魔鬼有何交集，便起身向對方禮貌地鞠了一躬。

「不必了，我只是找阿加特聊天。聽她說你身體不太舒服，還是請你回去多躺著休息，別累壞了身子。」

齊格弗里德見說書人冷漠的微笑，一副想把他趕跑的樣子。他氣不過，便在心裡想法子對付說書人，至少也要挫挫對方的銳氣不可。

他收回目光，走到大廳，拉過一張椅子坐在說書人面前，寒暄說道：「只是來聊天而已嗎？我看你帶了不少東西過來，有花又有書……施洛德，你費了不少心思，應該有更大的目的才對啊？」

阿加特聽了這番話，跟著訝異地看向說書人。

「齊格弗里德，請你說話放尊重一點。」說書人死瞪著他。

「我以為實話實說是做人的美德？」

說書人比誰都瞭解齊格弗里德，知道他這麼做只是想引起一場爭論，於是說書人不講話，想看看他究竟要玩什麼把戲。

齊格弗里德聳肩道：「我本來想，要是你不嫌棄，我就讓阿加特跟你出去走走散心……現在看來不用了。」

說書人懷疑地看著他，「你這句話是認真的嗎？」

齊格弗里德笑笑地看著說書人，「如果你不相信就算了，請回吧，我跟失禮的客人沒什麼好談的。」

「等等，齊格弗里德！請你聽我說，以你過往對我做的事而言，我很難接受你的一番好意，如果可以，你能原諒我先前的冒失發言嗎？」

「什麼？我聽不到你說什麼，你要向我道歉，就得把態度放得更低啊！至少彎下腰，讓我看看你的歉意有多深吧？」

「你到底想怎麼樣，又要捉弄人嗎？」說書人一臉惱火。

「我不想怎麼樣，很簡單，你只要乖乖對我說你錯了，跪下來向我磕頭就可以啦。」

齊格弗里德想知道說書人會有什麼反應，對他來說，可以親眼看到這個男人低聲下氣的模樣，可是愉快的一件事！但是他沒想到，說書人居然不發一語的沉默，什麼

話都不說。

他困惑地皺眉，「喂，說話啊？」

「齊格弗里德，你說那些長篇大論，說穿了只是想看我認輸。我不想接受你那些要求，你要怎樣就怎樣吧！」

「難道……你不想跟阿加特在一起嗎？」齊格弗里德試探地問。

這時，阿加特聽見齊格弗里德的聲音，也跟著看向說書人，慫恿地說：「施洛德，如果你肯放下身段，向齊格弗里德請求原諒，我就可以陪你了。」

說書人表情僵硬，萬萬沒想到連阿加特都希望他這麼做。

「妳說這話教我情何以堪？我是男人，怎麼可以屈就自己向男人下跪……跟妳出門約會無妨，但是要我向他求饒，免談！」

阿加特愣了一下，「所以，你想跟我約會嗎？」

在少女純淨目光的凝視下，說書人一時之間竟也不好意思了。

「我……呃，不是，我的意思是……算了。我的確想和妳多相處一會，如果妳不介意，希望齊格弗里德答應讓我帶妳出門。」

齊格弗里德看見這一幕，神情詭異地笑了笑。

他走到兩人面前，以譏嘲的口氣說道：「我就知道你心裡打著這種主意，你心裡想什麼，我還不明白嗎？算了，你不必道歉，帶她走吧。」

說書人嚇了一跳，他看齊格弗里德非但沒有生氣，反而還高興地送阿加特出門。他覺得這個魔鬼似乎和平常不太一樣，也不知是哪根筋不對，有點怪怪的。

「在你們出門之前，我有個問題要請教一下……你打算帶她去哪裡？別告訴我只是喝茶、划船、看戲喔？」齊格弗里德好奇地問。

「有什麼不可以的嗎？」說書人一臉被說中的尷尬神情。

齊格弗里德不以為然地說：「拜託，我真是敗給你了，身為一個男人居然這麼沒情調，我真為你感到可悲。與其去那些枯燥無味的場所，我允許你直接帶她去旅館。」

「為什麼要去旅館？」阿加特插嘴問道。

齊格弗里德說：「妳不知道嗎？那裡有很多空房間，還有軟綿綿的床，等著你們去睡……」

阿加特又問：「為什麼施洛德要帶我去空房間，睡軟綿綿的床呢？」

「那是因為他喜歡找人陪他睡覺，特別是美麗的女孩子都難逃他的魔掌。」

說書人發現齊格弗里德正以不懷好意的目光盯著自己，他被對方瞧得渾身不自在，連忙出聲說話。

「齊格弗里德，你在說什麼？」

「難道不是嗎？像你這種招蜂引蝶的男人，只要看到漂亮的女人就會動心。雖說我並不是完全瞭解你，但是你和那些女人都維持表面上的交往，恐怕真正讓你用心愛過的人，只有伊索德一個吧？」

說書人壓抑忍耐的瞪著齊格弗里德，發出僵硬的笑聲，「這麼說來，難道你在吃醋？」

「哼，我又不是女人，幹嘛要吃你的醋？」

「那你就少在那邊東拉西扯的，還不給我閉嘴。」

阿加特無視兩個男人之間的爭論，自顧自地說：「原來如此，我真的不曉得施洛德這麼喜歡去旅館……」

「阿加特，妳別聽他亂說！」說書人受不了齊格弗里德的胡言亂語，原本就沒啥耐心跟對方瞎扯淡的他終於爆發。

說書人為了防止齊格弗里德再做些驚人之舉，他把阿加特擋在身後，向前跨出一步，與齊格弗里德面對面，一臉陰鬱地說：「我做事為什麼要經過你的允許？」

齊格弗里德笑嘻嘻地問：「因為阿加特現在是我的人啊，如果你想約她，難道不需要向我報備嗎？」

說書人大感訝異，「真奇怪，你說話反反覆覆，是不是反悔，不想讓我把她帶走？」

齊格弗里德回答，「別這麼說嘛，我只是想確認她不會跟一個亂七八糟的男人跑了就不回來，我好歹也花了一千萬買下她，可不想傷心失望……你說對吧？」

「我不相信你！」說書人指著齊格弗里德的臉，不管他說得多麼誠懇，說書人就是懷疑他有不純的動機，「你一定有別的企圖。」

齊格弗里德不說話，只是微笑。

兩人相視許久，彼此好像在做一個拉鋸戰似的，彷彿誰先開口就輸了。

「施洛德，如果我有什麼企圖，那一定不是你能猜到的……我有一句話要送給你，『一切無常者，只是一虛影』，你有時間就想想它的意思吧。」

說書人問：「你到底想告訴我什麼？」

「不說了，反正現在的你怎麼想也想不透。你們快滾吧，省得我看到心煩。」

齊格弗里德擺擺手，一副不愛搭理人的模樣，他把阿加特懷裡抱著的鳥籠拿走，便派女僕送兩人出門。

說書人與阿加特走在路上，他在她身上披著一件長大衣，藉以遮住她顯眼的黑色翅膀。然後握住她的手，細心地牽引著她，到城裡熱鬧的地方走走。

當阿加特踏上街道的瞬間，她感到自己被溫柔的陽光照拂，耳邊聽見鳥兒的叫聲，人群談笑的聲音……

她露出微笑，對什麼都感到不可思議與好奇，彷彿眼前的一切都很吸引她。

說書人放開手，讓阿加特自由地走在街上，看著她四處張望的吃驚模樣，他覺得她真是可愛極了。

阿加特走了好幾步，回頭看著說書人，「施洛德，這裡好多人，好多好多人！難道整個世界的人都跑到城裡了嗎？這裡有好多我不曾看過的東西，真有趣！」

「妳以前待在籠子裡面的時候，看到的都是什麼呢？」他問。

「嗯……沒有光，都是好深好深的黑暗，那些人總是用黑布蓋住籠子，害我以為這個世界沒有太陽呢。」

阿加特說起自己可憐的身世，一點也不悲傷，還面帶微笑。也許，這是因為一無

所知的她，根本無從瞭解何謂寂寞與哀傷的情感吧。

「阿加特，除了太陽，還有水與空氣，大地與海洋，有這些才能組成一個美麗的世界。當然，還有很多東西等我們去發現，妳願意跟我去看看嗎？」

「如果可以的話，請帶我去！」

說書人打從心裡喜歡阿加特張大眼睛，一副渴望深索未知領域的表情，他想好好保護她，像對待伊索德那樣。

「首先，我帶妳去咖啡店，我們可以坐下喝茶、聊天，享受自由的空氣。」

阿加特用力點頭，她抓緊說書人的手臂，絲毫不肯鬆開。

兩人到了咖啡店，找了一個靠窗的好位置坐著，他們面對面看著彼此，同時都露出了笑容。

阿加特小心翼翼地看看四周，接著對說書人小聲問道：「施洛德，你常常跟女孩子做這種事嗎？」

「妳指的是什麼事？」他看起來有點困惑。

「就是約會啊。齊格弗里德說，只要男人與女人一起去某些公開場合，就是約會呢！難道，我們這樣不是約會嗎？」

「妳誤解了，我只是把妳當成妹妹……」說書人看阿加特那副纖弱可憐的樣子，擔心她會因為自己說得過於直接而難過，便急忙地轉而回答，「嗯，妳說得沒錯，我們在約會。」

他第一次有這種心情，說書人傷腦筋的想。如果扣除他過去和那些女人交往不算的話，他還真的從沒與女孩子有過如此單純的交集。

說書人不曉得這樣算好，還是不好，因為他感覺氣氛有點僵。

「太好了。」阿加特雙手合十，笑容燦爛極了。

這時，服務生送上了兩杯熱紅茶，適時中斷兩人不著邊際的談話。

兩人拿起杯子，淺嘗了幾口，隨後放下它，靜靜品味紅茶的苦澀，也因此陷入了一片寂靜之中。

說書人沉默地盯著阿加特，企盼從她臉上的神情尋找另一個少女的影子。

「怎麼了？」她看了看說書人，低著頭，小聲問道：「聽齊格弗里德說，我長得跟你死去的妹妹很像……是不是？」

說書人說：「嗯，像極了。」

阿加特靜默了一會，當她抬起充滿羞澀的綠眸，柔聲道：「告訴我有關她的事，好嗎？」

說書人嘆了口氣，在他臉上浮現的神情，是種複雜而淡漠的笑容。

「伊索德跟妳一樣，是位個性天真純潔的美麗少女。在我眼中的她，曾是這個世界最美的人，我把她看得比自己的命還重要，為了守護她，我失去了很多東西，可是我沒有後悔過。」

「直到有一天，她被魔鬼玷汙、殺死之後，靈魂墜落於地獄不斷受苦……我為了拯救伊索德到天堂安息，於是跟魔鬼簽下契約，在殺死魔鬼之前，我都要以不老的面貌活下去。」

「好可怕的故事。」她說。

「妳覺得它是故事……妳不怕嗎？或者妳也相信，這世上有魔鬼？」

阿加特看著說書人迫切的眼神，有些為難地笑了笑。

「我不懂魔鬼的事，但是聽了你說的話，讓我心裡隱約這麼想著……你是人，可是卻和魔鬼對立。在你心中的仇恨一定非常地深，難道它沒有化解的一天嗎？」

「永遠不可能。」他說的時候，雙眼充滿仇視的火焰。

阿加特觀察說書人，很認真地看著他，並且感覺他渾身散發一種淒涼傷感的氣息，讓她覺得悲傷。

當她的視線強烈到引起說書人的注意，才在他的叫喚下回到現實。

「妳一直看著我，好像要把我的臉看穿一個洞……怎麼了，難道我臉上有什麼髒東西，還是灰塵嗎？」他像摘面具似的改變臉上的表情，此刻正輕鬆的對她笑道。

阿加特面色淡然地搖搖頭，她看著他的笑容，赫然發現那是他以內心悲傷堆積起來的假象。她很驚訝，沒想到說書人竟為了伊索德付出了這麼多，甚至一生的時間，都在為了打倒魔鬼而忍熬這份痛苦。

「老實說，我很羡慕伊索德，因為她有一個關心她的好哥哥。」

「阿加特……」說書人困惑地看著她，被她說的話引起一陣內心的漣漪，「妳不需要羡慕，因為我也很關心妳。」

阿加特此時突然把手伸向桌子的另一邊，就這樣緊緊握住說書人。

「我……我能不能也像伊索德那樣，叫你施洛德哥哥呢？如果我在你心中真的很像伊索德的話，就讓我當你的妹妹吧。」

「沒什麼……不行的。」說書人被動地點頭，內心卻激動不已。

他發現與阿加特相處得越久，他的感覺就更深刻，彷彿有她在自己身邊，他就能恢復過去那個溫柔的自己，不再是隱藏悲傷的說書人。

這時候，他卻感到腦海恍恍惚惚，有些不安。

每當說書人回想齊格弗里德說的話，知道面前的少女被魔鬼有目的的製造出來，他竟不知道該如何看待她，也不知道該叫她阿加特，還是伊索德。

說書人赫然從自己的意識中發現，他居然以「阿加特就是伊索德」的角度看待少女，這對阿加特來說，一定非常讓她委屈——不，這一切都是齊格弗里德搞出來的把戲，他為什麼要在阿加特的外表套上伊索德的臉？他有什麼目的？

或者，齊格弗里德的用意根本不在阿加特身上，而是要讓身為說書人的自己感到痛苦。

說書人原本以為他能夠忽略心底的聲音，能勇敢地抗拒魔鬼的所有引誘，卻沒想到他寧願欺騙自己，享受有阿加特陪伴的感覺，也不願面對她不是伊索德的真相……

他想到這裡，心頭就被莫名的恐懼與悲傷襲擊。他不再堅強，變得敏感、纖弱，他不想相信，自己竟把阿加特當成妹妹的替代品。

「施洛德哥哥……你怎麼了？臉色好蒼白。」阿加特拉拉說書人的袖子。

說書人回過神，繼續沉默地看著她，體會她的心情。

也許阿加特知道，他其實是從另一個角度去看她。她為了不讓他擔心，一個人默默忍受被當成另一個少女的委屈，不但如此，她還是保持微笑，彷彿從來不在意這件事情。

說書人看著她如孩童般怯生生的臉，口氣溫柔道：「對不起，一直把妳看成伊索德，從今以後我不再這樣對待妳。」

「可是，我不在意……因為那是你的回憶。」阿加特有些敏感地說。

「不行，妳是阿加特，不是伊索德。」說書人口氣堅決道。

正在這時候，他突然有種不尋常的感覺，彷彿他心中伊索德的形影，會隨著阿加特的出現而漸漸消失。

說書人壓抑自己的吸了口氣，在阿加特的注視下，他勉強笑了一笑。

「好悶，我們去什麼地方走走吧。」

阿加特點了點頭，用甜美的笑容回答了說書人。

說書人帶著阿加特，在科米希城裡四處走訪，藉以消磨午後時光。

他們到過的地方，幾乎是說書人曾經到過，進而發生一連串事件的地點。每當說書人想起自己到了什麼地方，發生過了什麼事，便會一五一十地告訴阿加特詳細的事情經過。

阿加特認為說書人正在說有趣的故事，事實上她也聽得津津有味，有時還會追問事情的後續結果，完全沒有一刻可以安靜。

但是，說書人不討厭阿加特的活潑，有時她的笑容還會深鐫在他心底，引起另一段屬於伊索德的回憶。他偷偷地想著，自己居然能在這種情況下，找到兩個少女唯一的共同點。

此刻，一道微風撲向說書人臉上，他嗅著風的氣味，感到愉悅的嘆氣。

「怎麼了，哥哥不說故事了嗎？」阿加特問。

「抱歉，我分心了一下，剛才說到哪裡了？」

「嗯，你說你到了皇帝陛下的城堡，跟一個弄臣引發了爭執，最後不小心害得魔女與琴師死了……你很難過，因為那不是你想看見的結局。」

說書人陷入思索，「是啊，如果我能阻止他們的死，也許我就不會帶著遺憾回憶這個故事。」

阿加特發現說書人臉上沒有表情，她看出他不易被外人察覺的一絲悲傷，便對他說：「我想起有人曾在我耳邊說，死亡並不是指單純的生命，更深一層的意義應該是扼殺自身的存在。也許，那是超脫了肉體，象徵精神，甚至靈魂的腐朽。」

「但是你故事的魔女與琴師，他們在死前得到愛，在愛中死去，所以他們比一般人還要幸福……死亡並不能終止人們的愛，大概就是這個意思吧。」

「好特別的說法。」說書人目光一亮，看向阿加特，「妳喜歡這種哲學理論嗎？」

「不，我完全不瞭解，只是聽你說多了，很自然學會了你的口氣。」

兩人相視微笑。

阿加特感慨地說：「聽了你的故事，使我深切感受到……不管人如何抵抗，最終難逃一死。如果要死，我希望可以被愛，貪婪地享受幸福，最後帶著微笑死去。」

說書人難以置信地苦笑道：「妳外表可愛，內心為何這麼悲觀？」

「因為，哥哥的經歷一向都是這麼悲傷啊。」阿加特靈巧的眸子就這樣看向說書人，對他笑著說：「不過我曉得，在你故事書出現的人物，即使有不順遂的人生，卻仍然享受愛與幸福……施洛德哥哥，那是你無法抓住的東西，對不對？」

說書人對阿加特的態度深感詫異。

「妳瞭解我嗎？」

「嗯，我瞭解你，發自內心地瞭解你，哥哥。」

說書人深吸一口氣，他試著反駁阿加特，卻怎樣也做不到。反而還被她知悉一切的眼神逼退，他慌忙壓抑急促的心跳，這才喘了一口氣。

「接下來我說的話，也許妳不能瞭解，但是我仍想對妳說。這個世界常有一些虛幻、難以使人相信的故事，然而發生在我們身上，卻是一個徹底的事實。」

阿加特看著說書人，不懂他臉上的哀愁從何而來。

對她來說，面前的灰髮男子由唇中吐露的旋律，是一首詩，一首歌。她不必瞭解

詩歌裡的意義，無須清楚的瞭解，她只要傾聽說書人的聲音就夠了。

「在妳到來的時候，我發覺對我來說，與妳相見的每一刻都充滿了美麗的光輝。妳的出現讓我單調的生命有了色彩，為我的生活帶來意義。」

「我……是嗎？」她不敢置信地看著他。

「嗯，我相信就算擁有永遠的生命，總有一天，我也漸漸忍受不了這無盡的時間。我的心活在冰天雪地的世界，遍尋不著能使我溫暖的火把。」

「妳對我來說，是個難以用言語形容的少女。妳像潔淨的泉水，逐漸治癒我陰暗的內心，卻又真切的有如夢境。」

說書人顫抖地伸出雙手，攫住了阿加特的手，然後對她說：「如果我不能時時以這雙手確認妳的存在，也許下一秒，妳就會從我眼前飛走了。」

「我不會飛，也沒人教我應該怎麼飛啊。」阿加特輕柔地從說書人手裡抽回自己的手，接著取下大衣，像展示自己那一雙黑色羽翼般振了幾下，「你看，我飛不動的。」

「是啊，不過看到妳的翅膀，我幾乎認為妳是天使……」說書人迷戀的視線停留在她身上，一點都不願移開，「莫非，妳是墜落在人世的天使？」

「我不是純潔的天使，只是一個失去飛行能力的小鳥。」阿加特自嘲地小聲說道：「關於你之前說的話，我倒覺得如果能在死前，對自己喜歡的人說出愛的承諾，那一定是世上最幸福的事。」

他有些在意的看著她，覺得阿加特的言談令他留下深刻的印象，她有時純真得有如稚子，有時深沉得讓人難以招架，「妳也會有喜歡的人嗎？」

「施洛德哥哥呢，你愛過人嗎？」

「是的，我愛過，但是我發現自己不懂愛。這樣的我傷害了很多人，所以我不想再談愛了。」

阿加特目光憐惜地掠過說書人臉頰，看見他的眼睛暴露出他從來不願表現的軟弱情緒，而且還有疑惑、不安、痛苦、害怕。

她知道，自己是他唯一的救贖與希望，她很早就知道了。

「聽我說，世上總有許多悲哀繚繞在你的心頭，但是它們總有一天都會過去。到那時候，你的創傷將會癒合，心靈終於平靜，再也沒有能傷害你的事。」

「這也是妳不知從哪聽來的話嗎？」

「這是我對你的真心話。」阿加特主動去拉說書人的手，柔聲地對他說：「放下你的敵意，接受我，把我當成伊索德也沒關係。你別再過痛苦的日子，從今後起，我會陪著你，哥哥。」

說書人心中感到極強烈的混亂，他深呼吸，胸口隨即漲滿高昂的悸動。過去，他活在對齊格弗里德的仇恨之中，過著只為復仇而活的人生，殺戮與血腥更是司空見慣的事。然而，他不曉得阿加特簡單的一番話，竟為他帶來了安息與平靜，她消除他的痛苦，成為他心中重要的存在。

06 SECHS
NO.454841 -oper-006-

第六章 籠中鳥

Siebte Aufzug : der gefangene Vogel

自從阿加特出現在他面前，說書人便覺得自己心裡有個牽引他生命的新主宰。她揮去他生命的黑暗，使他重新喜歡世上的一切。

但是他知道，阿加特並不是伊索德，她們是不同的兩個人。阿加特不可能取代伊索德，永遠不可能。

那麼，他為何要讓阿加特進駐他的心，甚至在面對她的時候，感覺內心迷茫、矛盾，還有一些犯罪感？難道，他只是利用阿加特撫慰自己的心靈，就如齊格弗里德所說，他跟任何女人都只是表面上的來往——

說書人拒絕去想那些事，像逃避一切的閉上眼睛，彷彿沉入夢鄉，就能回到過去的時光。

如記憶中溫柔的畫面，再度浮上說書人眼前。

那時他總喜歡待在家裡的藏書室，安安靜靜地看書。有時候，妹妹伊索德也會進來跟他一起看書，分享日常生活的趣事。

夢中的伊索德穿著一套草綠色的連身長裙，裙襬繡著一層層的白色蕾絲花邊，長長的垂到地上，她喜歡像個小公主似的提著裙子走路，看過她的人，也都被她鄰家小女孩般的氣質打動。

在說書人心中，伊索德純真的個性，美麗的微笑，觸感溫暖的纖細手腳，一直都是他理想女性具備的條件。一張迷人的臉龐，削尖的下巴，以及鮮紅的嘴唇，伊索德毫無疑問曾是這世界最美的少女。

然而，他欣喜地迎接美夢的到來，卻喚來了深黑色的噩夢。

說書人站在一片黑色的世界，孤單地打量周圍的景色，他什麼也看不到，只有自己一個人。

他做過很多次有伊索德出現的夢，但卻沒像這次讓他印象深刻。

接著，有一道不屬於他的聲音，宛如來自地獄的鬼魂那種陰冷的呼喚，一聲聲的叫著他的名字。

「哥哥，哥哥，你知道我在等你嗎？」

伊索德以溫柔的面孔看著說書人，然後對他微笑。

說書人說不出話，聲音彷彿被吸到一股空虛的沉默裡，他面無表情地看著她，然後搖頭。

「你為何不快點殺死魔鬼，讓我的靈魂重獲自由？」

「伊索德，哥哥已經為妳解除了詛咒，只要我再努力一點，就可以讓妳到天國去了……妳為何不讓我在夢裡擁有一點平靜？」

「你問我為什麼？這個問題不應該由我回答，哥哥的心中早就有答案了，不是嗎？」

「答案在我心中？」

伊索德嘆氣地說：「你是人，已經習慣生活在謊言之中，你這些年一直背負著責任，你怪罪我擾亂你的平靜，阻礙你尋求美夢的自由。如果我消失的話，你就不必這麼痛苦了。」

說書人愣了愣，「伊索德，不是這樣……」

當他思索內心感覺的時候，一雙慘白的手捧起說書人的臉。

伊索德臉上浮出一道悲涼的慘笑，「哥哥，你累了吧？你不想為我復仇，覺得過於疲憊，你痛恨一再重演的悲劇，瘋狂地追逐不屬於你的愛情，直到魔鬼誘惑你，終於使你無力抵抗……」

說書人沒有作聲，他只覺得妹妹的笑容很美麗，美得就像誘導人墜落深淵的甜美毒藥。

伊索德沒有停止微笑，她扣著他的手，細聲呢喃地問：「最殘酷的東西，往往是最純粹的感情。哥哥，你還不醒悟嗎？你屈服慾望，忘記原始的初衷，你愛上別的女人，忘了對我的承諾。」

「不，這一切都是魔鬼造成的，我沒有錯！妳為什麼要用責怪的眼神看我？」

「哥哥，你變了。你總是指責別人，卻不反省自己的行為。魔鬼做錯了什麼，你為何將一切過錯推向魔鬼？你從沒犯過錯嗎？」

說書人臉上寫著困惑，他看著伊索德，半天說不出話。他感覺體內澎湃著一種強烈的情緒，一波又一波地撞擊他的內心。難道就如齊格弗里德所說，他們兩個都是一樣醜惡的存在嗎？

少女看著男人，臉上始終保持微笑。

「有人說，生命是一場交易，就在魔鬼給你探尋歡愉與絕望的同時，你已經交出了代價……哥哥，你將會墜落到地獄，成為被魔鬼囚禁的孤苦靈魂。」

「不，我沒有，我還沒有輸！」說書人大喊。

「真可憐，現在的你依靠慾望與痛苦而活。換句話說，你是另一個魔鬼，無法生存在陽光底下，直到你背離正道，墜落、墜落、不停地墜落……」

伊索德的聲音不斷重複那句話，就像一道鞭子打在他的心口，讓他痛苦地掙扎。

最後，說書人伴著自己的喊叫聲，淪落到深邃無底的黑洞。

在說書人感覺自己落入黑洞的一瞬間，他驚嚇地從夢境甦醒過來。

他已經很久沒有在夢中見到伊索德了，她為何要說那些話，難道她在催促他趕快結束與齊格弗里德的遊戲嗎？

說書人想起伊索德夢中哀怨的眼神，覺得更加痛苦。

對於不顧妹妹的苦痛，拒絕承認自己被阿加特迷惑的他，竟然讓伊索德的靈魂陷入苦境，他憎恨自己充滿內疚的罪惡感，也為了伊索德的說詞而隱隱作憂。

不，為了撫慰伊索德受創的靈魂，為了證明自己堅定的信念，為了分出勝負，他一定要早日結束這無盡的遊戲。

雖然說書人相信，總有一天他會結束追著魔鬼跑的人生，跟伊索德在天國相聚。

但是在他內心更深一層的角落，卻為了那位無垢的少女感到迷惑。

他得坦承，夢中伊索德的言詞動搖了他認定的事實，他不曉得自己這一路辛苦走來，究竟是為了什麼。
他到底想要什麼？是拯救伊索德，還是拯救他自己？
為何他遇見了阿加特，內心卻有不滿足的感覺？
說書人回想阿加特酷似妹妹的臉龐與聲音，他竟不像過去那麼斬釘截鐵地相信自己，也不知道自己愛的，究竟是阿加特的外表，抑或是伊索德的靈魂。
更重要的，他竟無法否認齊格弗里德指控他的那句話。
說書人想拚命忘記現實，讓整個思緒隔絕到自己的世界。他不能沉淪於阿加特帶給他的美好幻覺，就此把伊索德的仇恨給忘了……那他絕不會原諒自己！
說書人想著，便從床上坐起身。
他巡視著房裡空盪的擺設，最後發現房裡居然有人。
人影轉過身，是一張禮貌的男性面孔，「先生，早安，您起床了嗎？」
「你在這裡做什麼？」他下床看著房務員，急於弄清心中的困惑。
房務員走到面前，向他行了一個禮，說：「有人託我把東西交給您，就放在桌

上。」

說書人看到桌上擺了一封蓋有藍色封蠟的信，以及一朵藍玫瑰。他大感震驚，好像聽見一道雷聲在耳邊響。

「這是誰送來的？」

「我不知道，是櫃檯收到東西，讓我送到您房間。」房務員停頓片刻，說：「如果您沒有其他的事，我先出去了。」

說書人聽見關門聲響起，他走向桌邊，拱著的雙肩疲憊地垂下，像失去一切防備的看著信與玫瑰，神情有些茫然失措。

他伸手拿起蓋上蠟封，壓印著美麗花紋的信。接著拆開，發現裡面有一張卡片，上面寫著——

致親愛的說書人，施洛德・戴維安先生。

在這動盪不安的時世，你的日子過得可好？不如拋開身分與束縛，沉淪於這個歡愉享樂的人生吧。僅以這封信，邀請你參加今晚設在山丘洋館的餐會，請在日落時分到達我的洋館，自然有人為你打開大門。

隨信附上一朵藍玫瑰，祝福你可憐的愛情，你忠實的朋友敬上。

說書人吃驚地看著這封充滿齊格弗里德戲謔式文筆的邀請函，覺得很有既視感，彷彿以前也遭遇過這種事。以前他曾收過齊格弗里德派人送來的卡片和玫瑰，害他一度跟伊索德吵架，造成日後的悲劇。

他手裡拿著卡片，眼裡瞧著桌上的藍玫瑰，感到心裡非常難受。他不曉得齊格弗里德有何企圖，難道只是為了諷刺與嘲笑他嗎？

說書人拿起玫瑰，以花莖上細小鋒利的鉤狀刺，輕輕壓進指腹，伴隨這個動作而來的，是一陣椎心刺骨的疼痛。他看著手指滴出的紅色鮮血，記住這種感覺。

齊格弗里德加諸在他身上的創傷，令他一輩子也忘不了。就是今晚，他要讓這個魔鬼，徹底感受他心裡的痛苦。

說書人整理隨身行李，把它們塞進皮箱裡面，在旅館辦過退房手續之後，來到了繁華的市街。

他走在街上，看著身邊的行人來來去去，發現大街出現大批人潮，各式各樣的商店、攤販，是一幅熱鬧的城市景象。

說書人的步調緩慢，彷彿在他追殺齊格弗里德的人生當中，從沒正眼瞧過這些東西，然而失去平凡生命的他，卻透過觀察人們的生活，感受到生命的脈動。

若是以前的自己，也許不會有這麼深的感慨。

說書人嘆了一口氣，視線不經意的移轉，驚訝地發現一間開在街角的花店。他走過去，觀察店面的擺設與裝飾，顯然與他記憶中的那間花店一模一樣。

說書人眼底充滿驚訝與不信的神情。沒想到只是看著眼前的景象，竟會讓他心情悲傷起來，這像夢一樣的畫面，使他失魂落魄的站在原地。

他以為自己不再為了過去種種而傷悲，沒想到回憶還是不放過他。

當他害怕地回想過去，那些不堪的記憶湧上腦海，就像伊索德站在他面前，指責他，把他在乎而恐懼的感情重新拉到他眼前，非逼得他承認不可。

就在說書人內心充滿混雜思緒的時候，他突然看到一個人影出現在街上，被來往的人群包圍住。他跑了過去，將阻礙視線的行人撥開，認出了長髮披肩的少女，那是阿加特。

「妳是……阿加特嗎？」

少女慢慢轉過身，對說書人露出一個驚喜的笑容，隨即親暱地伸手摟住他的手臂，卻感覺說書人在發抖。

「施洛德哥哥，你怎麼了，是不是天氣太冷了？」

「什麼？」說書人勉強動了一下身子。

「因為你在顫抖。」她想到什麼，低聲說：「還是我不該這樣賴著你？」

說書人低下頭，看見阿加特露出像伊索德才有的羞澀表情，他的內心跟著動搖，想出聲說話卻又開不了口，深怕自己在無意識的情況將少女當成妹妹。

他的心正在刺痛，並非克服不了心裡深層的障礙，而是他毫無自覺，從一開始就完全陷進阿加特溫柔的懷抱。他把她的存在當成一種慰藉，用她的軀體去懷念死去的伊索德，他的心中才會有種莫名的罪惡感作祟。

這矛盾的痛苦令說書人不知如何是好，他能察覺阿加特的體溫滲透了他的衣服，甚至是肌膚，使他心中那道刻著理性的磚牆，漸漸崩塌瓦解。

當阿加特再一次叫喚他，說書人掩飾不了內心的慌亂，輕輕推開了她。

「沒事，什麼都沒有。」他望進她的綠眸，觸及那一絲憐憫的感情，便說：「我覺得很不可思議，通常跟我接觸過的人，都會因為我身上的詛咒影響，進而把我給忘了。但是妳卻不同，也許妳是最適合陪伴我的人選。」

「那樣不好嗎？你不願意讓我陪著你嗎？」

說書人搖頭，像為了趕著結束話題似的帶她走到那間花店。

「妳喜歡花嗎？」他問。

阿加特輕輕點頭，毫不猶豫地回答，「這些花都好漂亮，但是我最喜歡的，還是白色的鈴蘭花。」

少女的笑容令說書人神魂鎮倒，他沒辦法在她與伊索德之間取捨。即使那種感覺讓他背離了自己的信念，他依然固執地看著阿加特，感受她的美好。

「對了，我還沒問，妳怎麼會一個人在街上，齊格弗里德肯讓妳自己出門嗎？」

阿加特答道：「因為我很想見你，所以偷偷離開洋館來找你。幸好你在我迷路的時候出現在我面前……這一次，我絕對不要放開你的手了。」

說書人見阿加特再一次摟住他的手臂，她那心滿意足的神情，促使他內心做下決定。他想要弄清楚自己的心情，也許這是他僅有的機會。

他露出難得的溫暖微笑，聲音輕柔地說道：「阿加特，謝謝妳陪著我。有妳在的感覺很好，我已經好久不曾心情平靜了。」

阿加特看著說書人直視她的靜謐眼眸，從中體會他溫厚的感情。

「不，向你感謝的人是我。因為你說你是個被詛咒的人，沒有人記得你，可是我卻認為，說不定你不幸的命運，能夠為別人帶來幸福。所以跟你相遇的我，就是這世上最幸福的人。」

「我……是嗎？」說書人吃驚地看著她。

阿加特眼神帶著仰慕，「是啊，此時此刻，阿加特真的很幸福。」

說書人察覺阿加特學會伊索德說話的方式，他心中有高興也有難過。他緊抿著唇，不由自主地看向她，沉迷在一片寧靜和諧的氣氛裡。

「我們……去什麼地方走走，好嗎？」說書人眼中交纏著憂傷與疑慮，最後微笑說：「我有一些事情想告訴妳。」

阿加特順從地讓說書人握她的手，跟他一起走到廣場，找了張椅子坐下。

他們還在坐下的一瞬間，有默契地鬆開握住的手，不說一句話，只靠眼神交流彼此的心情。

阿加特見說書人緊握兩手，發現他臉上失去以往的溫和微笑，眼眸被一層陰鬱的黯淡光芒遮掩。她不知道該怎麼做，才能讓他有重新活起來的力量，於是也跟著嘆了口氣。

過了一會，阿加特凝視著廣場中央的水池，聽著陣陣悠然的水聲，突然起身朝說書人嫣然一笑。

「喂，我們來跳舞好嗎？」她冷不防的提議。

說書人愣了一下，「但是我現在沒心情……」

「就是心情不好才要跳舞呀，來，跳嘛！」

阿加特拉起說書人的手，半強迫地逼他跟她一起跳舞。

相較於阿加特輕盈的步伐，她輕提裙襬，舞得薄紗衣裙施轉如風的模樣，說書人彆扭的動作逗得阿加特不停發笑。

說書人最後放棄跳舞，改站在一旁欣賞阿加特的舞姿。

此時的她，就像一隻穿梭在樹林的快樂小鳥。她不在意路過的行人投注的目光，只是隨意地擺動纖細的手腳，在原地踢踏腳尖，隨著微風輕轉一圈，令她一頭紅棕色的秀髮輕柔地飄動。

少女拙劣的姿態，雖不像說書人見過的名伶或舞蹈家那樣出色，但是對他來說，再美麗的舞也比不上阿加特此刻的舞姿。

阿加特停止跳舞，一邊喘氣，一邊對說書人笑道：「施洛德哥哥，我看書上說，在這個充滿壓抑的年代，唯有音樂可以使人類與文化活躍起來。雖然我一點都不會跳舞，但只在這種時候，我才有活著的感覺！」

「所以，我希望能跟你分享這種體驗，使你高興一點，不要露出悲傷的樣子。要是你心煩的話，阿加特也會難過的。」

說書人看著阿加特，被她如鑽石般耀眼的笑容動搖了意志。

「妳在鼓勵我嗎？」

「嗯，因為阿加特只想得到這種方式。」

說書人見狀，心裡揪痛地壓抑容易激動的感情。他看著阿加特美麗純潔的模樣，只能遠遠地注視她，連一句感激的話都講不出口。

在這時候，阿加特走向說書人，仰起小臉，用一雙溫柔的綠眸看他。

「施洛德哥哥，我很好奇，你失去摯愛的伊索德之後，還有跟其他人談過戀愛嗎？」

「有的。」他淡漠地說。

「除了伊索德以外，還有跟其他女性發生過感情嗎？」阿加特在意地問。

「有的。」

兩人突然沉默了下來，這中間摻雜了一陣刻意保持安靜的壓迫感。

說書人不等阿加特開口，開始像告解似的說道：「我不知道經過這些日子的相處，妳究竟瞭解我多少。但是我希望妳可以明白，並且安靜地聽我說話。」

阿加特點頭。

「我做了一個夢，那個夢讓我感覺自己背叛了伊索德，以及對她的感情。我一直很害怕孤單，每當夜深人靜，就有排山倒海的恐懼緊緊壓迫我的心與靈魂，每個因我而死的幽魂都在問我，何時要為她們復仇……」

「可是，我只想要一個能永久陪在我身邊的伴侶。只是這個願望很難實現，在我被整個世界遺忘後，我過著凡人想像不出的悲慘人生……即使不是伊索德也好，只要有人稍微接近我的心，我就願意為對方打開心門。」

阿加特聞言，露出了有些吃驚的震撼神色。

說書人露出一張淒涼的蒼白笑容，「這就是我，一個平凡而沒有尊嚴的男人。」

「我覺得你是男人，不能靠以前的回憶過活。」阿加特勾住說書人的西裝袖子，像貼近他心靈似的，在他身邊低語道：「你何不珍惜眼前的人呢？」

「妳的意思是，希望我珍惜妳嗎？」

「我好想陪著你，成為你心裡重要的支柱。」阿加特的聲音充滿能治癒人的柔和，她低啞著嗓子，「伊索德已經死了，所以……你可以……」

「不可以……只有妳不可以。」說書人沉痛地搖頭。

「為什麼？」她抓著他的袖子，不信地問。

「妳跟伊索德太像了，我不能害了妳。」說書人深吸一口冷氣，試著平靜下來，「知道嗎？跟我相愛的女人都不得善終，她們因為我，至今活在地獄受苦……是我害了她們。」

阿加特皺著細眉，神情凝重道：「可是，不管你愛了多少女人，在你心中對伊索德的感情，絕不可能因為這樣被一筆抹消。」

「所以，我永遠只能啃蝕心中的寂寞，為了排遣空虛的心靈，我利用其他女人的感情，置自己妹妹的仇恨不顧……就像齊格弗里德所說，我就是這種令人感到可恨的男人！」

「不是，不是，哥哥，你不是。」阿加特說著，以自己纖細的手臂，圈住了說書人的肩膀，把他的身體擁進自己懷中，「你只是想要愛而已。」

說書人思緒混亂，甚至看起來有點吃驚。但是他很快就穩定了情緒，然後把阿加特的手拿開，露出一個虛弱的微笑。

「我對於心中那份自私的感情，一直深深地責備著自己。我覺得非常懊悔，既然我如此深愛伊索德，又怎麼做出背叛她的事……」

「不，別再怪自己了，你會變得無法真心地愛一個人，只是因為你比任何人都需要一份溫暖的感情。我以後會一直陪著你，就算要下地獄，我也情願跟你下墜到罪惡

的深淵……」

說書人精神恍惚地看著她，接著哽咽著說：「伊索德……不，妳是阿加特，不是伊索德……」

「我到底是誰已不重要。哥哥，只要我能治癒你受創的心靈，我願意幫助你。」阿加特激動地吶喊，胸部不斷上下起伏著。

她說不出自己對說書人的感情，也不知道自己到底是完整的一個人，還是替代品。但是有件事，是阿加特自己很明白的，她竭盡所能的激發說書人對她曖昧的感情，都是因為她對他有一份純粹的少女情懷，以及另一個不能說的目的。

她沉迷看著他痛苦的眼神，說：「因為伊索德的離去，讓你至今都不能面對過去，還處於絕望與不幸的深淵，這一切不是你可以避免發生的……」

說書人知道，就算他分辨不出伊索德與阿加特之間的差異，但是阿加特的一番話，仍然使他得到了一些些心靈上的救贖。沒想到這番話竟是從貌似妹妹的少女口中所出，如果他能愛上阿加特的話，即使贏不了魔鬼，他也想跟她一起死。

阿加特憐惜地撫著說書人的臉頰，看他凝視自己，痛苦地皺著眉頭，她好想撫平他一雙濃密的眉毛。

「我想不管怎樣，在施洛德哥哥的心中，永遠有一塊角落藏著對伊索德的純粹感情，即使是不被世俗眼光允許的愛。」

「你是個孤獨又寂寞的人，而且你的人生都在復仇與對愛情的渴求中尋找慰藉。你恨魔鬼奪去了你的幸福，又恨自己容易寂寞的感情，或許你從來不曾擁有真正的愛情……雖然你說不需要我的陪伴，但是我仍決定陪著你。」

阿加特的一番話造成說書人極大的困惑，他心中一直反覆猜疑少女的身分，然而她寬容憐憫的眼神，竟讓他誤以為這一切，都是伊索德的靈魂藉由阿加特之口向他傾訴的真心話。

也許一切都是他的妄想，但如果是那樣的話，他好想擁抱自己的妹妹，在她耳邊說些他來不及說的話，並且感受她的溫暖。

說書人兩手一張，把阿加特柔弱的身體擁在懷中，狠狠地抱著她。

「伊索德，請妳恨我。我竟然會愛上除了妳以外的女人，這份發自內心的罪責感已經折磨哥哥很久……請妳責備我，就是不要寬恕我。」

阿加特嚇了一跳，她沒想到自己居然能被說書人擁入懷中，更沒想到被他當成了伊索德，或許她真的跟伊索德長得一模一樣吧。

她回抱他的身軀，柔聲道：「我原諒你，什麼都原諒你。只要你答應我，從今以後愛我一個人，我什麼都原諒你。」

阿加特把臉埋在他的懷裡，發出細小微弱的聲音。

這也許是她的私心，但是她不得不愛說書人。因為他們的相遇是被安排好的，她必須愛他，沒有自我，只為自己的生存目的而活。

只要他們相愛，他與她都會得到救贖。

Sieben

NO.246846

籠中鳥 第七章

Siebte Aufzug : der gefangene Vogel

隨著時間流逝，暮色漸濃。

說書人帶著阿加特走到偏離城市的山丘上，才走上山頂，就看見蒼茫的天空泛過橘紅色的雲霞，整座山丘被迷霧圍繞，呈現一種寧靜的氣息。

走到山丘，齊格弗里德那幢磚紅色的洋館，便完整地出現在說書人眼中，他聞到一股燒烤食物的煙味，繚繞在洋館四周的針杉樹頂端。

說書人拿出卡片，對阿加特說：「時間不早了，讓我帶妳進屋去，今天有個宴會，妳會出席吧？」

「嗯，齊格弗里德說過。」

說書人與阿加特跨越山丘，進入洋館敞開的大門，再走過幾階石梯，登上一處臺階，對著一扇上了紅漆的厚重木門敲了幾下。

門上嵌著一對金漆的獅子頭拉手，在獅子嘴下咬著的金色銅環，在日落的天色中閃閃的發出銳光。

過了一會，門裡發出細微聲響，接著一個女僕打開門，也不問說書人的來意，就讓他們直接進去屋裡。

「晚宴尚未開始，戴維安先生請自便！」那女僕說完後，就快速地從說書人面前離開。

說書人冷靜地觀察洋館四周的變化，他站在大廳中央，看不到女僕穿梭在屋裡忙碌地準備宴會的工作景象。陪著他的，只有圍繞在身邊的可怕寂靜，以及整幢洋館營造出來的淒冷氛圍。

奇怪，通常齊格弗里德最喜歡在這種時候冒出來，對他說一些該死欠揍的話，怎麼現在卻放任屋裡冷清清的，好像不太對勁。

就在這時候，說書人耳邊傳來阿加特疲倦的張口舒氣聲。

「妳覺得累的話，要不要我送妳回房間？」

阿加特神情不安地偷瞄說書人一眼，「可以嗎？」

「啊，如果妳是指我闖入妳的閨房，讓妳有幾分被冒犯的感覺，那麼我找一個女僕帶妳進房……」

阿加特拉住說書人的西裝衣角，不讓他走，「施洛德哥哥，有你陪我就好了。」

說書人順從阿加特的要求，讓她帶著自己離開大廳，他們上了二樓，走向一處走廊的轉角才停下來。

阿加特推開一扇紅色的門，領說書人進到自己的房間。

這是一個很小的房間，沒什麼家具，四面象牙白色的牆上毫無裝飾，給說書人一種過分清爽的印象。

或者，這個房間跟阿加特一樣，清爽得毫無雜質，不知世上的罪惡。

阿加特躺在床上，朝說書人伸手，拉著他坐在床沿，露出撒嬌笑容的說：「哥哥，你哄我睡覺好嗎？天色還早，我睡不著……好想聽你說故事。」

「記得我之前說了很多，妳還聽不煩嗎？」

說書人不知什麼原因，只要看到阿加特一笑，他就想滿足她任何要求，只要看到她溫柔的笑容，他就能藉此感受到一點幸福。

她的笑容帶給他心靈平靜，使他內心發酵著一股微妙的情緒。過去的他，沒有一天不覺得自己虛偽，如果他能守護少女美好的笑容，這一定是他人生最有意義的事。

「哥哥，你在想什麼？」阿加特發現說書人盯著自己瞧，她感覺有些好奇，然後伸手撥去他遮住半臉的瀏海，問道：「你如果把整張臉都露出來，一定是張讓女孩子心動的臉……」

說書人把阿加特的手從臉上移開，讓她看見被頭髮遮住的那隻眼睛，「妳不明白，我留這種髮型，只是想保留一點隱私。它讓我看起來沒什麼存在感，別人經常忽視我，眼裡也總是隔絕我的身影……但是，我喜歡這種感覺。」

「為什麼？」她問。

「因為……不想看到討厭的事物。」

她擔心地問：「你也討厭我嗎？」

說書人向阿加特投以一個深深的注視，他迎上她期待的目光，微張的唇卻因而壓抑地閉上。

「睡吧，我會在妳身邊，直到妳睡著為止。」

整個房間靜默不已，說書人聽著阿加特規律的呼吸，看著她閉上雙眼，嘴角帶著淡淡的微笑。他覺得一切紛爭都離自己遠去，彷彿以前他哄伊索德睡覺的時光又回到眼前。

說書人用盡力氣，從喉嚨深處迸出一道低沉的聲音，但是他卻認為那不是一句

話，而是悲傷的嘆息聲。

雖然這是起於他內心的衝突與內疚，使他不敢對阿加特表示自己的感情。他能做的，只是將床上少女的身影烙印在腦海，讓手像微風般輕輕拂開她垂在胸前的鬈髮。

他挪挪身子靠近阿加特，然後把手撐在床沿，試圖壓低肩膀，離她更近一步。直到阿加特雪白的臉頰映入他灰藍色的眼底，說書人感覺眼前出現了幻覺。

在這個美麗少女的軀體之中，藏有他親愛的妹妹的靈魂。他想起夢中伊索德的靈魂向他求助，他必須……必須使她安息，至少用他的愛讓她忘記痛苦。

說書人用手握住阿加特的手，感受她的體溫，他彎下腰，俯在少女身上，以過去吻伊索德的方式，將唇淺淺地覆蓋在她的唇上。

一陣濕熱的觸感襲捲而來，征服了他的理智。他知道自己吻的，不是一具僵硬的屍體，是活生生的少女。

說書人沉默地吻著阿加特，沒多久就離開了她。雖然時間很短，但他卻藉由這個吻再一次被救贖，將破碎的心靈重新癒合，彷彿抓住了渴望而未能抓住的美好感覺。

就在這時候，房門口被悄悄打開一條縫隙。

說書人感受到背後有道強烈的視線，他警覺地轉身過去，看見門邊什麼也沒有。

他走過去把門關緊，回頭看見阿加特甦醒的甜美面容。

他們四目相交，柔和的微笑出現在彼此臉上。

「好輕柔的吻。」阿加特坐在床上，故作輕鬆地說。

「抱歉，嚇到妳了，我只是想讓妳睡得甜一點。」他難為情地辯解。

「我喜歡哥哥的吻，再吻一次也沒關係。」

「別說這種隨便的話。」說書人皺著眉頭。

阿加特仰著小臉，露出可愛的笑容，「哥哥連生氣皺眉的樣子都很好看，彷彿讓人看一輩子都看不膩……對了，你要不要也睡一下，試試躺在床上的感覺，你很久都沒有好好睡過一覺了吧？」

「何以見得？」他苦笑著。

阿加特趁說書人坐在床沿的時候，拉著他躺下，「你的心很疲憊。睡吧，如果你

睡不著，我會唱歌哄你睡的。」

「我不睡。」他說。

阿加特問：「伊索德死了以後，你有睡過一夜好覺嗎？」

說書人觸及阿加特的眼光，他刻意迴避過去，卻避不了他心裡的陰影。

「不要再說了，自從失去伊索德之後，我再也沒有一刻可以睡得安寧……但是，我不希望失去這種感覺，否則我一輩子都不會心安。」

「你很愛伊索德。」她柔聲關切著他，「既然如此，你更應該睡一下。」

說書人拿她沒辦法，便聽她的話躺在床上，恍惚地聽著少女唱歌的聲音。直到他不安的心境被歌聲撫平，這才沉沉睡去。

阿加特看著說書人的睡容，她停止了歌聲，臉上浮現幽暗的神色。

此刻，房門再度被悄悄打開，一道銳利的眼神，伴隨著身材高大、穿著深黑裝束的金髮男人出現在門後。

他看著房裡的景象，嘴角藏著殘酷而優雅的微笑。

阿加特望向門邊，觀察站在陰影裡的男人，他穿著一身黑衣，散發濃郁的邪惡氣息，讓人不寒而慄。

她下床走了過去，神色有些膽怯，「他睡著了。」

「這幾天的情況如何，妳已經誘惑他了嗎？」男人問。

阿加特小聲說：「齊格弗里德，雖然我們同處一室，但是他只有吻我，什麼也沒做，我想他只是在我身上尋找伊索德的影子。」

「那是當然的。妳在他眼中只是他妹妹，像那種嚴肅的男人，不可能對妳有所企圖。妳只要操控他的心，讓他離不開妳就夠了。」

「你為什麼要對他這麼殘忍？施洛德哥哥有段陰鬱的可憐過去，我實在狠不下心，繼續用這種偽裝的外表欺騙他……」

齊格弗里德伸出手，迫使阿加特閉嘴的扣住她的下巴，在她耳邊低語。

「住在籠裡的小鳥，妳只需要達成一個目的。那就是不惜一切手段的誘惑施洛德，讓他墜入慾望的深淵，甘願把靈魂交到我手上。只要成功，我就讓身為人偶的妳擁有靈魂，明白嗎？」

阿加特的眼神黯了黯，「我知道。但是這麼做，我也許會失去他的愛……我好不容易遇見這種男人，如果可以，我好想……」

齊格弗里德睜大紅眸，流露出一股陰森的猙獰神情。他瞪著她，以低沉的口氣強硬地說：「閉嘴，妳這個自甘墜落的母牛！失去靈魂的妳，別以為還有享受愛情的權利！如果妳敢承認自己喜歡他，我就撕破妳的臉，讓妳從此不敢再看他一眼！」

阿加特受了齊格弗里德的威脅，她不願與他狠毒的目光相觸，連忙拚命點頭，懇求他的饒恕。

「小東西，別嚇成這樣，今晚月色不錯，妳可以盛裝出席，過個羅曼蒂克的新月之夜。」

他露出一道深刻而殘酷的冷笑，「帶施洛德去吃晚餐吧。」

晚餐在陰森森的氣氛下展開。

說書人在阿加特的帶領下抵達餐廳，他驚訝地巡視一片陰暗的室內，發現餐廳沒有明亮的照明器具，彷彿為了增進用餐情趣，故意只在桌子中間擺了一座插滿白蠟燭的三枝燭臺，使他不太習慣在這種環境用餐。

這時候，餐廳一角傳來老式留聲機播放的音樂，在古典音樂的旋律中，摻雜著小提琴尖銳的擦弦撥奏聲，輕易觸動了說書人繃緊的心弦。

這種怪異的用餐情境與背景音樂，讓他感到非常不舒服。好似這家主人的習慣就是在吃飯前，先飽受一頓精神折磨，這樣才能讓肉體與心靈都獲得滿足。

一陣可怕的寂靜散布在室內，黑暗籠罩整幢洋館，深邃的漆黑瀰漫於空氣，帶給說書人不安的感覺。他不喜歡這種地方，不但沒有火炬與溫暖的燈光，就連洋館主人此刻都還沒出現，讓人覺得無聊極了。

這時，說書人被一道閃耀的光芒引起注意，他抬頭看向餐廳的天花板，上面居然吊著一個鳥籠，似乎就是阿加特抱著把玩的鳥籠一樣。

藉由籠中不斷閃爍的白光，說書人感覺黑暗的餐廳變得較為明亮，他的心情才舒坦一些。雖然這些冰冷的白光毫無生氣，但是他一點也不介意。

此時，這幢洋館的所有女僕一起進入餐廳，她們各自站在餐廳的角落，伺候賓客的用餐服務。

她們手裡拿著的燭臺，散發一道道淡薄的光芒。

這些女僕們面無表情的看著坐在長形餐桌的客人，眼神灰暗，當橘紅色的火光映在她們臉上，她們幾乎與黑暗融為一體，看起來就像渾身透著光的幽靈。

一道靴子踩著地毯的規律腳步聲，打破沉滯數百年的寂靜，餐廳隨著齊格弗里德以一身深黑裝束的造型登場，開始流動著愉快的氣氛。

他在女僕的帶位下，與另外兩人同坐在餐桌右側，而他坐在中間，恰巧隔開了說書人與阿加特。

當他就座之後，便以臉上虛偽的禮貌笑容，向說書人招呼道：「施洛德，好久不見。歡迎你參加魔鬼的晚餐，請盡量享用美食吧。」

「魔鬼的晚餐？」說書人深吸一口氣，問道。

齊格弗里德拿起一尊老舊的聖母像，將它放在手裡把玩。他帶著挑釁的微笑，毫不吝嗇地展現他消遣宗教的惡劣興趣。

沉浸在室內的強大壓迫感，幾乎讓說書人窒息。

兩個男人相望一眼，即使彼此眼中有惱怒與愉悅的不同神情，用餐時間仍然一分一秒的流逝。

阿加特坐在餐桌最右邊，她低頭不語，整個人安靜得不屬於這個空間，好像從來不曾走進屋裡似的。

齊格弗里德轉向阿加特，像發號施令地對她說：「在吃飯前，妳先祈禱。」

然後，她在齊格弗里德陰柔的眼光下，雙手交叉在胸前，默默禱告。

沒人聽見她說了什麼，由於她祈禱音量太小聲的關係，如果不仔細聽，還以為她在喃喃自語著沒人聽懂的話——宛如被魔鬼操弄的人偶少女。

說書人猜不出齊格弗里德邀請他參加晚餐的意義，當他聽見少女虔敬的祈禱聲，卻覺得這是魔鬼對上帝的挑釁與諷刺。說書人不曉得少女為什麼祈禱，但是他知道在這幢魔鬼的洋館，任何正面的希望都將變成消極的絕望。

隨著阿加特的祈禱結束，說書人臉色越來越難看，他的目光死死地盯著齊格弗里德，好像要噴火。

齊格弗里德伸手指了指餐桌，面帶微笑，嘴裡一副把人當洋娃娃擺布的口氣，「施洛德，你不祈禱就算了，來吃前菜吧。」

說書人反感地看了齊格弗里德一眼，順著他手指的方向，看見面前擺著一只金杯、一盤肉餅，於是抗拒地瞪著他。

「我再問你一次，這場晚餐是什麼意思？」

「你不知道嗎？人類吃飯前要向神禱告，所以我特別仿照了一個充滿宗教風格的晚餐。」齊格弗里德繼續講解道：「杯子裝著象徵人血的紅葡萄酒，肉餅則是象徵腐屍的肉片……你們吃了，就代表藉由魔鬼的恩賜，獲得這一頓豐盛的食物。」

說書人聞言，怒不可遏地推開杯盤，「我不吃！」

齊格弗里德拿起杯子喝了一口酒，以帶著威脅的溫柔口氣說道：「你最好不要用這種口氣觸怒我，快吃。現在只是前菜，待會還有更美味的主菜等你享用。而且，這也是遊戲的一個過程，你呆呆的坐在那裡，難不成怕了，不敢背叛你虔信的宗教嗎？」

說書人聽見這話，便將嘴邊的駁斥吞了回去，他皺著眉頭，恨恨地看著坐在長桌中間的金髮男人。

「你是騙子，想用謊言混餚我的意志，你想恫嚇我的心。」他咬牙切齒的咒罵。

「這話錯了，我有時也會吐露肺腑之言，只是你不瞭解我無常的喜怒。」齊格弗里德口角帶著戲謔的笑意，他朝阿加特看了看，說：「我們向來吃飯都這樣，你看，阿加特已經在吃了，難道你不吃嗎？」

說書人黑灰色的細眉抽搐地皺著，勉強結束這段不愉快的談話。

餐廳短暫回歸最初的安靜氣氛，是的，安靜得就像守靈。

說書人聽見碗盤相撞的聲音響起，他的表情凝重，似乎在考慮齊格弗里德給他的挑戰。

沒過多久，說書人開始喝酒吃肉餅，直到他把杯盤裡的東西吃光，才停下手邊的動作。

「我吃完了，多謝魔鬼賞賜我的恩典。」他面帶冷笑地朝齊格弗里德行了一個注目禮。

齊格弗里德暗中讚賞地看著說書人，知道他接下自己的挑戰，決心分出勝負了。接著，齊格弗里德拿起放在桌前的侍者鈴，晃了幾下。

「前菜結束了，上主菜吧。」

幾名女僕應聲走了過去，在主人的命令下，她們離開餐廳，準備送菜工作。只留下一名女僕關上大門，讓室內回歸平靜。

「按照晚餐的規矩，我們該在這時候說個故事，打發時間。」齊格弗里德笑臉迎上面色陰沉的說書人，「施洛德，通常都是你講故事，今夜不妨換我說給你聽，意下如何？」

「請便。」說書人緊抿著唇，試圖把男人可厭的笑容從眼前趕開。

「那麼，我開始說了，這是一個廣泛流傳在歐洲鄉下的傳說。」齊格弗里德停頓片刻，以深沉神秘的口調，鋪陳著他的故事，「當午夜之際，魔鬼現身，以狂奏的小提琴召喚失去靈魂的亡者，強迫人類參加他的遊戲，與他一同狂歡。」

阿加特深呼吸，不安地聽著齊格弗里德說的故事。

「直到破曉，雞鳴清響一聲，亡者逃回墓地，魔鬼與人類才會精疲力盡的結束這場對峙。」

「這故事好可怕！」阿加特發顫的聲音響起。

「是的，可怕的故事結束了。」齊格弗里德揚起一對紅眸，以興致盎然的神情看著說書人，試著用微笑挑釁對方，「你有比我精彩的故事嗎，施洛德？」

說書人輕蔑地看向齊格弗里德，打從心底討厭他期待的眼神。不過，說書人為了壓下齊格弗里德的氣焰，故意表現出一副吃驚與無知的樣子。

「哦，你的故事很棒，可惜在下聽不懂，很遺憾。但是，我想說一個跟魔鬼有關的故事，不知道會不會破壞氣氛？」

齊格弗里德不說話，但是他的眼睛與嘴唇，都有一道閃爍的笑意。

說書人獲得默許，就學起身旁男人故弄玄虛的口氣，說道：「這不是故事，而是我親身的經歷——在我認識的人當中，有一個未曾犯罪的少女，她的美麗引來魔鬼的睥睨窺覷。她受引誘，被迫接受魔鬼之吻，最後墜落到地獄，而我正是為了替那個人討回公道，才會出現在這個地方。」

齊格弗里德仍舊不說話的反應，像引火線般點燃了說書人的怒火。

「齊格弗里德，請不要存心裝不懂，我說的就是你！」

齊格弗里德冷眼旁觀地說：「什麼，未曾犯罪？難道那個受引誘的女人一點錯都沒有，全是魔鬼造成的嗎？」

「魔鬼為了獨佔她，將她的哥哥殺了，逼得悲傷的少女被凌虐至死。魔鬼攫取少女的靈魂，設下陷阱，引誘她的哥哥墮落，像這種隨心所欲、恣意妄為的邪靈，簡直罪不可恕！」說書人以嘶吼辱罵的方式，試圖揭穿魔鬼的真面目。

齊格弗里德回話的語氣充滿冷靜，「你不應該把魔鬼說得這麼難聽。」

「難道不是嗎？」

「好吧，我得告訴你，關於魔鬼的另一個秘密。」

說書人穩定了躁怒的情緒後，倔強地點頭。

「傳說中的魔鬼並不邪惡，也不可怕，他們只想在無盡的生命當中，尋找一個貼近靈魂的伴侶。雖然魔鬼力量龐大，但卻是一種對感情極端執著的生物，只要愛上一個人，就無法離開對方。」

「魔鬼之吻帶有強烈的劇毒，就因如此，魔鬼通常不輕易主動獻出親吻，除非在必要的情況下，他們將把這個吻當成試煉。」

「被魔鬼吻過的人類會毒發身亡，並非他們的本意，只因為魔鬼堅守虛無主義的性格，他們不肯相信人類的愛卻又渴望著愛。在這樣矛盾的情況下，他們與神約定，如果瞭解愛，他們就能重返天國。」

「天使以神的名義，惡劣地詛咒魔鬼將孤老至死。一個個在孤獨中飲泣的魔鬼不願相信愛，直到一個從光裡的黑暗而生的魔鬼出現，為了擊倒天使的詛咒，開始尋找能救贖他的純粹感情……可惜他尋求至今，還是毫無所獲。」

說書人感到有些意外，彷彿透過齊格弗里德述說的故事，得知他身為魔鬼的一些過去。即使他說起話來，向來就是那種優雅中帶著傲慢的聲調，依然使說書人驚訝得不得了。

就在說書人思索如何應對時，他抬頭看見原先離去的那些女僕，人手一盤菜餚的端上桌。盛著料理的銀盤上面蓋著一個鐵蓋子，讓他對充滿神秘感的主菜心存懷疑。

然而，當女僕們順手掀開蓋子，映入眾人眼前的，竟是三盤帶血的生肉！

被女僕送上這種連毛帶血的生食料理，說書人一點驚喜都沒有，反而氣得憤然離席。他見阿加特面露憂懼之色，連忙拉著她匆匆走開。

他們打開緊閉的大門，赫然發現兩個女僕守在門外，她們眼神森冷，就像沒有表情的人偶。

女僕看著說書人，以警告的口吻說：「進屋裡去，回去吃完晚餐。」

說書人試圖闖關，卻被女僕逼退回去。他憤怒地轉身過去，看見齊格弗里德坐在席位上，露出沉穩的傲笑神色，而那個男人的眼神就像設下陷阱，等著獵物一步步跌進去的狩獵目光。

「齊格弗里德，你是什麼意思？」

「身為客人，不吃晚餐還中途離席，真是失禮的行為。」齊格弗里德優雅地拿著刀叉切割肉片，接著放下刀叉，以手指沾取盤緣的獸血，放到唇邊舔了一下。

說書人看見那幕景象，臉上刻劃著驚恐的神態，他向後退一步，好像見到魔鬼貪戀肉慾的面貌。那原始而粗野的表現方式，竟令說書人不寒而慄。

齊格弗里德吮吮指頭的血，嚐著腥臊的血味。他放下手，皺著眉頭不滿地看向說書人，「這盤肉的血不好，遠比不上你的血來得香甜……」

就在這個充滿詭譎的氣氛一觸即發，屋裡一個女僕抓住阿加特，把她從門口拖回椅子坐下。至於說書人，則被另外兩個女僕強硬地架到齊格弗里德面前。

說書人能感覺空氣中瀰漫著一股抑鬱、冷靜，卻又充滿恐怖的精神病態感。那種感覺就像服藥之後產生的強烈副作用，使他不得不面對這種足以令人崩潰的恐懼。

齊格弗里德運用一種竄進人類精神的細柔聲調，輕輕地問道：「你要去哪裡？」

「離開這個鬼地方！」說書人大聲吼道。

齊格弗里德推開盤子，將椅子轉向說書人。他將手肘靠在桌上，面帶慵懶神態的微傾身子，然後蹺著一雙長腿，托腮觀察面前毫無招架之力的說書人。

「你不能離開我的視線範圍，一步都不行。」他微笑地說。

「你這個褻瀆宗教的魔鬼，擋得住我帶走阿加特嗎？」說書人用盡力氣發出吼聲，毫不隱藏自己辱罵的口吻。

齊格弗里德以眼神示意女僕將說書人用力壓在地上，他瞇著雙眼，狠狠踩住說書人的手，像磨鞋底似的凌虐男人的肉體。

「沒有人可以這樣跟我說話，快說你錯了，然後向我卑躬屈膝地求饒。」

「去你的，親我的屁股吧！」說書人朝齊格弗里德的靴子吐了一口唾沫。

齊格弗里德以黑色靴尖抬起說書人的下巴，一臉愉悅地欣賞那個被他壓在地上的男人，特別是那雙充滿仇視的眼神，更令他滿意。

「既然如此，我不需要跟你委婉說話，也不需要跟你客氣了。」

說書人臉色慘白的笑道：「齊格弗里德，自以為是會招惹來毀滅，你要多注意點。」

齊格弗里德聽了說書人刺激的一番話，他面無表情地觀察說書人，接著提腳往前踢踹過去，將說書人踢向遠處。

洋館隨著說書人身影的墜落，飛揚起一陣淡淡的灰塵。

齊格弗里德臉上綻出一道許久未有的冷豔微笑，跟他怒氣沖沖的時候相比，這種只有臉皮在笑的方式，更令人感到畏懼。

說書人知道這個魔鬼無法忍受太久不作怪，現在的他就像將極力壓抑的慾望，瞬間一口氣爆發出來，充滿無可抵擋的氣勢。

齊格弗里德高傲地仰頭，看著說書人蹲在地上，不屑的哼道：「站起來，那一腳

還要不了你的命。但是換成普通人，下巴早就被我踢碎了！」

說書人以手背抹去嘴角的血跡，恨恨道：「我一定要帶阿加特從你手下逃出去。只有離開你，她才能得到幸福。」

「好啊，把我給甩了，再去煩惱兩個妹妹之間的差別……施洛德，你也太自私了，精神與肉體各有所愛，難道你以為伊索德會原諒你這種行為？你以為對我大放厥詞後，還逃得出我的洋館？」

「什麼？」說書人懷疑地看著齊格弗里德，難以忍受心思被看穿的感覺。

說書人看見齊格弗里德眼裡猙獰的微笑，他才明白，原來男人利用阿加特監視他的行動。

齊格弗里德笑的時候，嘴角帶著一道傲慢的笑意。他渾身散發妖邪的氣息，不善的企圖，加上濃郁的血腥味，為夜晚開啟了通向地獄的禁忌之門。

「來吧，遊戲開始了。愚鈍的人類，阻止再度發生的悲劇吧。」

ACHT 00008

NO. 634654 -oper-006-

第八章 籠中鳥

Siebte Aufzug : der gefangene Vogel

「齊格弗里德，我一直以為跟你相處了那麼久，你會有所改變。但是我現在才發覺，你還是跟五十年前一樣邪惡。」

「感謝誇獎，我很榮幸地向你宣布，遊戲正式開始。」

「你到底想怎麼樣？」說書人睜大雙眼，無法將視線移開的瞪著他。

「我說了很多次，施洛德。」齊格弗里德坐在椅子，像高高在上的王者，以睥睨的眼光看著說書人，渾身散發倨傲的氣息，「我要跟你玩最後一次的遊戲，如果你向我乞求，遊戲就能提早結束。」

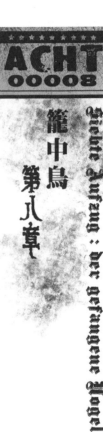

「方法很簡單。你認輸，跪下向我磕頭，敬拜地吻我的腳就可以啦。」

說書人轉過身子，不肯看齊格弗里德的臉。

「你敢走？」齊格弗里德起身，站在說書人身後。他拉長的影子倒映在地上，顯出不可侵犯的壓迫感，「走也好，你帶不走阿加特，就連伊索德的靈魂，你也永遠碰不到了。」

「走開，魔鬼，不准你誘惑我！」說書人脾氣剛烈的衝向齊格弗里德，他順勢從桌上的木盒抓了幾把餐刀射過去，想一舉殺死這個可恨的魔鬼。

齊格弗里德從容地站在原地，當尖刀乘風而來，隨即有三個女僕擋在他面前，為他擋下攻擊之後紛紛倒在地上。

「我從來沒有誘惑你，一切都是你自甘墜落，跟我這個人人害怕的魔鬼打交道。我還忘了告訴你，這幢洋館以前是墳場，所有奴僕都是被我操控的死人，你是沒辦法接近我的。」

說書人靜靜站著，沒有說話，下一秒隨即伸手拔槍，冷不防向前射出一枚銀彈。

齊格弗里德不躲不閃，他眯著眼睛，觀察黑暗中炙起一道閃亮的火光，伴著射擊帶來的風速，墜向他身後的地面，使他的金髮被微微吹起。

「你真傻，明知殺不了我又想殺我，這是何苦呢？」

「是的，我很傻，竟然以為你能有所改變。」說書人把槍收回槍袋，他站在陰暗照不到光的地方，一雙孤傲的眼神銳利地盯著齊格弗里德。

齊格弗里德慵懶地揮手，指使兩個女僕架著說書人，讓他不得動彈。接著走近說書人，一手扯住他的頭髮，一手握拳，往他肚子重重地揍了一拳。

女僕在齊格弗里德的命令下放開說書人。

說書人失去站立的力氣，痛得抱住肚子，跪倒在男人面前。

齊格弗里德此刻更加勢不饒人，不但抬腳踩住說書人的頭，還以一種傲慢的微笑看他，渾身充滿敵意。「讓我改變？你以為你是誰？別以為給你三分顏色，就開起染坊了！老實告訴你，我一點也不相信愛，更不可能受你這種小心眼的男人影響，我要扭曲你的心，提走你的靈魂。」

「我已經玩夠了這個遊戲，今天無論如何，我都要分出勝負。來，我給你一點祈禱的時間，向你相信的神求得臨終的安寧吧。」

說書人沒有掙扎，只是目光漠然地看著齊格弗里德，口氣冷淡，「謝謝你……自從你殺了伊索德，使我再也不相信神，又豈會怕你不管用的威脅？」

「喔，你不怕我，那你怕不怕阿加特有危險呢？」

此刻，阿加特著急地奔向齊格弗里德身後，舉起拳頭用力搥他的肩膀，「住手，不准你傷害施洛德哥哥！」

「妳這個不服管教的小東西，別礙我的事！」齊格弗里德轉身，面不改色的扣住阿加特的手，將她推倒在地，「抓住她，讓大爺從她身上找點樂子。」

「齊格弗里德，不准你對她出手！」說書人大喊，情緒激動。

「真可惜，你不肯接受我，那我也不打算讓阿加特擁有你的愛囉。」他說的時候，眼角瞄向眼神陰森的女僕，命令她們抓住少女，「撕了她的衣服，讓我聽聽年輕女孩的哭喊聲。」

一群面色無光的女僕按住阿加特的四肢，將她繫在脖子的絲帶扯斷，接著將她漂亮的衣服撕扯拉裂。

阿加特尖叫道：「施洛德哥哥，救我……」

說書人不斷掙扎，他想爬起來，衝向女僕去救阿加特。然而齊格弗里德踩著他的頭，讓他即使把手向前伸，依然搆不著阿加特，連齊格弗里德的衣角也抓不住。

「哈哈哈，你再不想個辦法阻止，她就要在你面前被撕成碎片了！如何，我寫的劇本還不錯吧？你的面前正在重演當初妹妹被殺的慘劇，然而你卻無力阻止……」

暗夜的洋館，充斥著清幽的古典音樂，少女的哭叫，還有齊格弗里德狂妄邪佞的笑聲，一次比一次強烈，一次比一次尖銳。

身陷在這股壓迫感的沉重氣氛中，幾乎讓說書人窒息而死，他心中感到悲憤不已，只能將拳頭拚命搥著地板，像發瘋一樣的大喊大叫。

「施洛德，你很痛苦吧，為何不坦然面對？你在我強大的力量面前，毫無能力，可是我瞭解你，知道你所有的罪惡……別再自命清高的逃避了。」

說書人怒喊：「齊格弗里德，放開我，否則你會後悔！」

「我做事從來不怕後悔，少嚇唬我了，有膽子就反抗看看啊！」

齊格弗里德蹲在說書人面前，壓抑不住自己源源不絕的惡意，聲嗓低沉地對說書人說：「我瞧不起你，鄙視你，不管你心中對伊索德有多麼深的感情，對我來說都是一文不值、膚淺至極的東西。」

說書人壓抑著怒氣，擠出僵硬痛苦的聲音，「你為何一再否定我？」

「不是我否定你，是你自己不願承認對伊索德的愛，還硬要壓抑自己。是你給我機會，讓我竭盡所能地扭曲你的心。你就跟那隻被困在籠子裡的小鳥一樣，自始至終被束縛在自己的內心，未能想透自己真正想做的事，也沒有人明白你要什麼……你懂了嗎？」

「或許你說得對。當阿加特出現在我面前，我既高興又痛苦，但是這一切也是你試探我的把戲而已！」說書人吸了一口氣，咬著牙，拚盡全身力氣地掙扎，將齊格弗里德壓在他頭上的腳推開。

他衝向那群被齊格弗里德操控的女僕，屏住氣，將全身憤怒的力量集中在雙手上，接著再次拔槍，逐發射殺了她們。

當說書人耳邊傳來一道接一道密集響起的槍聲，他盯著眼前動作緩慢的敵人，直到全都倒下去了才收手。

說書人站在濺滿血的屍體裡，然後跨過那些血肉模糊的死屍，走向阿加特。他沉淪於壓倒性的勝利氣氛中，臉上不但沒有笑容，眼神還很淡然地看著她發抖的模樣，彷彿內心逐漸被痛苦與憎恨侵蝕。

他朝她伸手，聲音低沉而冰冷，「我來救妳了。」

「施洛德哥哥……」阿加特無助、驚惶地看著說書人，發現他的西裝與褲子沾滿血，進而被他血腥猙獰的模樣嚇得躲在角落發抖。

說書人蹲在阿加特面前，用手抹掉她因恐懼而滾出的淚珠，「傷害妳的不管是神是魔，我都不會饒恕……伊索德，哥哥就在這裡，妳不要怕。」

洋館周遭出奇的安靜。

「哥哥，不是，不是，不是……我不是伊索德……」阿加特顫抖地張著嘴唇，拚命搖頭，「我是阿加特，我不是伊索德，請你不要這樣，我好害怕。」

說書人沉默不語取下手上的戒指，接著執起它，戴在阿加特右手的無名指上。他無視少女臉上的憂懼，滿足地擁著她衣不蔽體的身軀，露出像沉溺自己世界的微笑。

「收下它好嗎？我一直想把這枚戒指還給妳……看，上頭刻著我們兄妹的名字，妳要好好保存它，別再弄丟了。」

阿加特一臉愕然地聽著說書人帶笑的陰沉聲音，開始抽抽噎噎地哭起來。

「伊索德，妳為什麼要哭呢？」

「哥哥……不，施洛德，我……我不是伊索德，伊索德已經死了。」

「不，妳沒有死，妳就在我身邊。」他露出一個恍惚的微笑。

阿加特不斷流淚的看著他，她自責又害怕，精神崩潰地大喊：「願神原諒我的過錯，我無法再隱藏秘密下去了！我不是伊索德，她的靈魂就在那個小鳥籠裡面。我承認，我一直在你面前扮演伊索德，我不是伊索德，真正的我只是一個受魔鬼控制的人偶。」

說書人聞言，心裡像是什麼東西剝離脫落一樣，「妳說什麼？」

阿加特說：「齊格弗里德威脅我，要我以你妹妹的外貌誘惑你，否則我無法得到靈魂。我不是存心這麼做，只想要一份珍貴的愛情，我希望你愛我……就像愛伊索德那樣的愛我。」

他沉默無言。接著抬起頭，被阿加特那番話刺進心裡最纖弱的角落，他毫無意識的看著她，像卸下冰冷面具一樣的喃喃自語。

「妳不要再說了。我跟妳在一起，也許只為了實現我無法與伊索德相守的遺憾，就算把身心化為魔鬼，我什麼事情都做得出來，不求登上天國安息，我只想守住心靈的歸宿……但是，妳為什麼要拆穿它呢？」

說書人的腦海不斷浮現一道陌生的聲音，那聲音牽引著他，讓他不由自主地說出內心深藏的想法。他的臉色蒼白，緊咬著發白的嘴唇，難道齊格弗里德將血注入他的體內，連帶使他心裡藏了一個可怕的魔鬼？

這時候，安靜的氣氛被齊格弗里德的拍手聲打斷。

「了不起，你下手果然毫不留情，像一把出鞘必然見血的刀。就是這種憎恨我的表情，讓你的心再扭曲得嚴重一點，最好麻木所有知覺，再也感覺不到世上事物，到時你就只能跟我到地獄去了。」

說書人起身走向齊格弗里德，憤怒的聲調有些顫抖，「我說過，為了保護伊索德，我不再畏懼你了！」

「畏懼？你根本不需要畏懼我，你只是糾結於自己的信仰，無法面對醜陋的內心，進而無能為力。現在我給你兩條路走，一是死在我手下，一是服從我的命令。」

「我不會服從你的。」說書人冷漠地說：「即使手染血腥，適合我的地方只有一個……我恨你，到死都恨你。」

「是嗎？」齊格弗里德不以為然地說。

「你很厲害，我承認你是個很不一樣的對手，你打擊我的心，讓我徬徨不安。沒錯，生命是一場交易，就在你賜我重獲新生的同時，我就該把靈魂交到你手上。」

「你給了我力量，讓我看見以前從來沒有發現過的事。雖然你帶給我悲慘的命運，我依然相信，自己向你復仇的決定是正確的。」

齊格弗里德以壓抑的沉默眼神看著說書人，對他此時表現的態度感到焦慮與不安，但是齊格弗里德隱藏得很好，不願被他看出自己急迫的神情。

「你為了伊索德，可以這麼灑脫嗎？」

說書人停頓片刻，表情變得猶豫失落。

「其實，我從來沒有盡到一個哥哥該負的責任。對伊索德，我有很多愧疚的地方，如今有一個機會擺在我面前，我要好好抓住，把未對伊索德坦承的感情，投注在阿加特身上……」

齊格弗里德臉上浮現得意的神情，嘲笑道：「哈哈哈，你這些充滿真情的話說得真動聽，連我都被感動了。但是，你有把握從我手上扳回一城嗎？」

「是的，齊格弗里德，這次的遊戲對我而言，足以將我擊潰。只不過，面對像我這樣不堪一擊的對手，難道不耍陰謀手段，你就毫無自信說那些空虛的試探之言？」

「施洛德，沒錯。」齊格弗里德憎恨的咬牙切齒道：「我必須擊敗你，如此一來，世人就會知道他們脆弱的心擺在魔鬼面前，只有被玩弄與奚落嘲笑的分。就算頑固如你，也要拜倒在我的腳下，甘心受我支配……因為你的心充滿了慾望，只有我可以實現你的美夢。」

說書人沉默不語，好像在深深思索齊格弗里德的話。

「我是不是說中了你的心事？」

「或許吧，但是我發過誓，今後不再讓自己處於悔恨之中。我不會再敗給你，即使你用盡心機，我仍然相信自己愛著伊索德。」

「就算她是你的妹妹，難道你也不在乎世俗的眼光，執意愛那個一點用都沒有的女人嗎？」

說書人抬起頭，臉上散發著微笑的溫柔光芒，將齊格弗里德高高在上的態度一舉殲滅，「真正沒用的人是我，不是伊索德，如果沒有對她的執著與感情，我想自己就會臣服於你……齊格弗里德，就算你再強大，也敵不過人類的情感。」

齊格弗里德一臉不可置信地看著他。

「罷手吧，就算再跟你鬥下去，也是沒有結果的。」

齊格弗里德冷笑的看著說書人，眼裡帶著憤怒，「我好不容易跟你玩了這麼久的遊戲，你現在居然想要放棄？這算什麼，你這樣還是個男人嗎？」

「你為什麼要這麼執著？憑你身為一個強大的魔鬼，殺我簡直輕而易舉，何況你已收回我不死的能力，隨時可以殺了我，強帶我的靈魂到地獄……我不懂，你究竟在偏執什麼，為什麼要我主動投向你黑暗的懷抱？」

「這還用問嗎？因為我要你的……」

說書人想也不想的立即搶話回答：「要什麼，我的靈魂？夠了吧，你這句臺詞已經說了太多次了。」

「對我來說，這就是我為何追逐你，甚至不惜一切手段，切斷你身為人類羈絆的唯一理由。」齊格弗里德凝望著說書人，手指顫抖地指著他，「我不相信光明與希望，你也變得跟我一樣痛恨人生吧。」

說書人與魔鬼的戰爭，此刻達到一個高潮。

齊格弗里德冷笑了兩聲，將手伸向說書人，像索要什麼東西似的。

「把你的靈魂交到我手上，你就會得到你想要的一切。不管是讓伊索德從束縛裡解放，或是這個世界，你都可以透過我的魔力，輕易實現！」

說書人聞言，不得不承認這個誘惑對他而言很有吸引力。齊格弗里德是個令他害怕的魔鬼，而他卻是個平凡的普通人，面對被魔鬼誘惑的挑戰，他難免脆弱、懊悔，加上被道德與慾望拉扯的心結，更使他不得不壓抑著這些極為顫慄的感覺。

說書人記憶深刻，永遠不能忘記，是齊格弗里德在他面前殺了伊索德。這個破壞他人生的魔鬼，他至死都不會原諒對方！

「怎麼樣，你難道一點都不關心妹妹的靈魂嗎？你跟我纏鬥至今，不就是想要回伊索德的靈魂？現在我答應把它還給你，只要你……」

說書人搶白說道：「雖然你一再試圖讓我走向地獄，可是你應該知道，我的回答永遠只有一句話。」

齊格弗里德抬頭向上望，眨了一下眼睛，高吊在天花板的鳥籠垂直落下，接著掉到他手上，「很好，你也別想得到阿加特跟伊索德的靈魂。」

說書人不從，立即拔出槍，「不管是人或鳥籠，我統統都要帶走。」

齊格弗里德冷靜深沉，不為所動，「好吧，看在你的分上，我可以告訴你如何解放伊索德的靈魂……阿加特是我加在伊索德靈魂的一道封印，只要阿加特一死，伊索德就會脫離我的控制，得到救贖而升天。但是在那之前，你必須先殺死阿加特。」

說書人轉身，看了阿加特一眼，拿槍的那隻手抓得更緊了一些。

齊格弗里德眼見他心意動搖，便把握可以利用的機會，獰笑地說：「你如果能對自己的妹妹開槍，那你就殺吧。不過我先聲明，她除了外貌與伊索德長得一樣，就只是一個為了慾望而失去靈魂的人偶，跟你一樣曾經都是人類……怎麼樣，動手啊？」

說書人克制不了憤怒的看著齊格弗里德，發現他眼神中透著兇狠，嘴角帶著淡淡的微笑。說書人悲憤難平，內心燃燒著無法遏止的怒火，既沒有招架之力，也沒有抵抗被齊格弗里德玩弄的力量。

阿加特蜷縮在角落發抖，一直不敢起身抵抗齊格弗里德。直到她發現說書人面對強大的壓迫，將近崩潰之時，便整個人呈大字型的擋在說書人面前。

「齊格弗里德，你不要再傷害施洛德哥哥，否則我……我一定……」

「否則妳想怎樣？」齊格弗里德反譏道：「妳要殺我嗎？妳這個沒有靈魂的人偶，為了追求慾望可以拋棄自己的靈魂，現在居然敢說這種話？」

阿加特大聲喊道：「雖然我是人偶，但是我卻在哥哥身邊感受到以前不曾有過的溫情……雖然你的恐怖深鐫我心，但是有他的愛，我也不再畏懼你了！」

齊格弗里德此時睜大雙眼，朝阿加特面前恐嚇地吼道：「滾開！現在是妳出場的時候嗎？」

阿加特受到齊格弗里德驚人氣勢的影響，身子搖搖欲墜，眼看就要倒地。

說書人向前摟住她的身子，緊緊將她抱住。一雙含怨帶怒的眼眸，直視著面前的男人，斥責地說：「你雖然說人偶沒有靈魂，但是她有良知，心比你還要美麗……與其選擇你這個醜陋的魔鬼，我寧可要阿加特。」

「你是認真的嗎？」齊格弗里德英挺的臉上，被一層如同背叛的冰冷蒙蓋住，面色陰沉，「死到臨頭還這麼急於惹怒我，你是決計要她而捨伊索德囉？」

說書人放開阿加特，把她護在身後。當他與齊格弗里德的眼光相觸，隨即出聲說話：「你想誘我走上背叛伊索德的道路，可惜你失敗了。」

「是的，我曾經以為我抓住了這世上最美好的愛情，卻始料未及只是一場虛幻的遊戲……我這些日子始終處於矛盾的心態，不知該如何面對自己，現在我只想打敗你，讓她脫離你的控制，解放伊索德的靈魂，如此而已。」

齊格弗里德聽了說書人這番話，完全不受影響，反而大笑地說出了說書人潛藏的心魔，「是嗎？我很遺憾，你居然天真地以為可以駁倒我。你打敗不了我，不是因為你有愛與人性，而是你堅信的東西根本不存在！」

「你恨的人不是我，是這個身心醜陋的自己。」

「你住口！」說書人即使處於盛怒下，仍舊感到自己瀰漫著一股深沉的無力感，只能任由耳膜被齊格弗里德瘋狂殘暴的笑聲侵蝕。

「這就是我為什麼始終都要帶你回地獄的原因。你黑暗的內心若隱若現，你戰勝不了自己，選擇依附你內心滲透的慾望，你不敢面對自己，故作清高，這樣的你難道不可恥嗎？」

「你住口！」說書人摀著耳朵，感覺自己疲憊得無法反抗齊格弗里德。

「你雖然可恨，但也可憐。別再把真心隱藏於謊言的背後了，承認你的軟弱吧。一個人難免有失落、孤獨、無力與絕望的時候，當你抱住阿加特，代表你心裡還有慾望……如何，施洛德，你想要她就歸順我，用你的靈魂跟我交換！」

說書人聲音虛弱地抗拒道：「你作夢，我絕對不會……」

「你又要說那句臺詞了嗎？好比說，『不管如何，我絕對不會答應把靈魂交給你』？」

說書人嚇了一跳，沒想到齊格弗里德居然把他平日掛在嘴邊的話，一字不漏的背起來了。

「是的，無庸置疑。」他深吸口氣，坦然道。

齊格弗里德疲憊地垂下雙肩，突然改變態度，「既然你這麼說……好吧，我認輸，把鳥籠還給你。」

說書人愣了一下，他看著齊格弗里德，眼中充滿困惑，「你說什麼？」

「我把鳥籠給你，放下一切，離開這裡。」

說書人不太相信對方的這句說詞，他防備地將手放在腰間，隨時準備拔槍，「這是謊言，你不可能這麼做。」

「也許吧，但是你這麼倔強，任我如何勸誘就是不肯服從，我放棄你與遊戲的勝利是遲早的事……所以，你走過來，讓我親手把鳥籠還給你，我什麼也不會做，相信我。」

說書人的視線始終停留在齊格弗里德手上的鳥籠，他雖然不太相信魔鬼的承諾，

但是他卻不能不想辦法奪回鳥籠。

阿加特發現說書人跨出腳步，走向齊格弗里德。她抓住說書人，不讓他過去，「施洛德哥哥，不行！齊格弗里德在騙你，他心機深沉，不能不提防！」

說書人點一點頭，頭也不回地說：「我知道，但是他遇上我算是白費了心機，我會打敗他，將鳥籠搶回來。」

阿加特愕然地鬆開手。

「對，就是這樣……慢慢地走過來，一步步地走過來，好讓我實現最後的心願。」齊格弗里德一隻手提著鳥籠，一隻手暗中放在背後，像爪子一樣的弓起手指，於是在他的手指間多了三把閃耀著毒光的飛刀。

說書人雖然隱約感覺到齊格弗里德有些不對勁，但是他仍然堅持往前走。

此刻的洋館十分靜默，只有說書人規律輕細的腳步聲。

就在這時候，齊格弗里德拿開鳥籠，趁說書人注意力被移開的那一瞬間，他將手指夾著的飛刀向前擲去。說書人已然看出齊格弗里德的花招，他的身子往旁邊一退，儘早避開了飛刀攻擊，可是，他沒有料到對方還有乘勝追擊的招數。

在說書人閃避的同時，齊格弗里德不知從哪裡取來一把長劍，在一道「匡啷」鐵器碰擊聲中，凌厲地將劍砍向說書人，執意要他的命。

說書人心跳加快，他抑止不了急促的呼吸，一聲叫喊都發不出來，只能等長劍刺進他的胸口。

然而，一道空氣被劃開的聲音，伴著長劍斬劈的巨響，全都發生在同一時刻。

倒映在說書人灰藍色眼眸的畫面，緩慢得就像走馬燈般令他難忘。他看見齊格弗里德高舉武器，將那把銀色長劍往下一劈，但是下一秒，他的面前卻出現阿加特的身影，她展開漆黑的雙翼，像保護他似的抱住他不放。

說書人反應不過來，也來不及伸手推開她。意識混亂的腦海浮上眼前的景象。

阿加特替他抵擋邪惡的侵襲，一隻翅膀被齊格弗里德砍斷，漫天飄落的黑色羽毛映入他的眼底，使他伸出手想抓住一點東西，卻只接過阿加特滴落他手心的鮮血。

說書人寬大的手掌按著少女流滿血的斷翼，然而血流得太多，即使他合攏緊密的

指縫，依然抵擋不住血的擴散，進而滴落在地板，盪漾出誘人的紅色血花。他聽著滴落地板的血水聲，規規律律地不斷響著。

少女發出淒慘的尖叫聲，她咬牙，跪在說書人面前。

在她向前倒下的時候，用左手撐住地板，膝蓋則與地板產生輕微的碰撞。她扶著背，被砍斷三分之二的右翼仍然不斷滴血。

說書人感到懊悔與心痛，腦海立即浮現伊索德被殺的那一夜情景。他只想挽回自己僅剩的一點幸福，可是齊格弗里德又再次摧毀了它。

「伊索德……」他艱澀地微張嘴唇，毫無意識地呼喚少女的身影。

阿加特強忍苦痛，手指抵住說書人的唇，「我……不想再當伊索德了，記得我的名字是阿加特……下次別再叫錯了。」

說書人回神過來，嚥下嘴邊的所有責罵與悲傷。他的臉上除了有不忍與傷痛，還更加悲苦地看著阿加特，「妳為什麼要救我？」

「因為……我喜歡你的笑容。我想保護你，不要你失去溫和的笑容……」

說書人此刻的精神與體力都已疲憊不堪。

他緊擁著阿加特，眼中交織著心愛東西被傷害的憤怒，以及被劇烈打擊後的茫然、挫敗感，他緊緊皺著濃眉，眼眸深處滲出淚水，沾濕了臉頰。

這時候，齊格弗里德踏著緩慢的腳步，出現在說書人面前。他手裡拿著長劍，直挺挺的站在原地，眼神盯著阿加特，就像一頭嚐過血的美麗野獸。

「我知道妳會擋在他面前，既然妳愛他愛到可以為他死，我就成全妳。」

「齊格弗里德！」說書人抬頭，痛恨地瞪著他。

阿加特抱著說書人，勸阻他的說：「別去，你打不倒齊格弗里德的，我們認輸……好不好？」

「我不會認輸！」說書人仇視道：「齊格弗里德，你要殺的人是我，為何不放過阿加特？」

齊格弗里德眼神冰冷，「關於這個問題，本來就沒有什麼理由。要恨，就恨你自己婆婆媽媽，任我怎麼說就是不肯服從我，這一切是你咎由自取。」

說書人緊握阿加特的手，試圖帶她逃走。

齊格弗里德眉頭一挑，他看出說書人的想法，便強迫將阿加特與說書人分開，再從她背後粗魯地用手掐住她的脖子，把她關進放在角落空地的大鳥籠。

說書人急忙起身，他漲紅著臉，難以置信地看向齊格弗里德。

「哼，被奪走翅膀的鳥兒，沒有飛翔的自由，在保護別人前先擔心自己吧！」齊格弗里德轉身看向說書人，以一臉得逞的冷笑看他，要脅道：「施洛德，你還想要她，就得以我的命令為依歸！」

「這是我最後一次的警告，如果你不肯用自己的靈魂來交換，阿加特若死，伊索德的靈魂也無法到天國安息……怎麼樣，你想要妹妹的靈魂斷送在你手中嗎？」

「齊格弗里德，你不要逼我！」

「我就是要逼你給我問題的答案！」

說書人茫然地看著齊格弗里德，心想這個問題直到今日，仍然讓他相當苦惱。他知道這一切不是自己下不了決定，而是他不願做出決定。

他渴望被愛救贖，但是卻未曾真正瞭解自己想要的是什麼，當他被邪惡阻礙，在理性與感性的夾縫間生存，卻不明白他追求的，竟是心靈真正的平靜。

「我不會答應你，即使死，我都要替伊索德向你復仇……」

阿加特抓著鳥籠的鐵欄，看見說書人臉色蒼白，一臉掙扎舉槍的樣子，她把雙手拚命伸出鳥籠外，深呼吸，喊道——

「施洛德，答應齊格弗里德吧，我不要死，我不要死……」

「妳說什麼？」說書人震撼至極。

「伊索德已經不在世上，難道你不要我陪在你身邊嗎？只要你服從他，把靈魂交出去，如此一來我也能永遠活下去……我不要死，我要跟你在一起。」

「我愛你，施洛德，我一看到你的時候，就愛上你了。」

說書人難以置信地摀著雙耳，他怎麼都想不到，自己以前最想從伊索德口中聽見的話，竟然會從另一個貌似伊索德的少女口中聽見。但……那是他想聽的話嗎？

阿加特朝說書人說道：「施洛德哥哥，你不需要殺死齊格弗里德，只要你把靈魂

獻給他，就能拯救我。」

「我不要再離開你，也不想回到那個水深火熱的地獄……拜託你，別再抗拒了，請你全心全意地投靠齊格弗里德，好嗎？」

說書人向後退了幾步，他全身發顫，為這些曾經聽過的話而陷入迷惘。

對，齊格弗里德曾經假借伊索德的形影與聲音，試圖迷惑過他。

說書人有些恐懼地看向鳥籠裡的少女，不知她究竟是伊索德或阿加特，還是魔鬼的分身……她到底是誰？

「不，我要殺了魔鬼，妳不要阻礙我……這樣哥哥才能替妳復仇。伊索德，妳如果想妨礙我，哥哥會連妳也殺了！」

此刻，一道少女悲憤的哭聲，從閃耀著白光的鳥籠清亮地響起，並且傳進了說書人的心底。

「哥哥，我終於見到你了……」

Oper·006·
60000
NO.534654

第九章　籠中鳥

Siebte Aufzug : der gefangene Vogel

說書人閉上眼睛，漸漸地，一道少女的啜泣聲從他耳邊傳來。

每當他迷惘，便會讓心沉淪在深邃的黑暗，就能看見伊索德站在他心中最脆弱的角落，無助地掩面哭泣，發出哽咽的聲音。

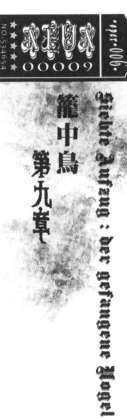

「這聲音是伊索德，我的伊索德……」說書人驚訝地觀察四周，發現一陣濃霧巧妙地遮蔽住他的視線，使他看不見一切，包括齊格弗里德與阿加特。

說書人困惑地皺著眉頭，嘴唇緊緊抿著。他努力從模糊的視線看清楚周遭的景象，用力眨了幾下眼睛，於是他看見一座飄浮顫慄氣氛的木造閣樓，從裡頭傳來少女憂傷而柔和的歌聲，宛如搖籃曲的旋律，充滿一股沉靜的力量。

說書人恍惚地聽著歌聲，感覺很熟悉。他沉溺其中，決心不從這有如幻境的夢中掙脫醒來。

這對說書人而言，或許是個永遠都不會結束的深沉夢魘。

他聽見低沉溫柔的歌聲，一時分不清是現實或幻想。雖然他不曾瞭解那首歌的意義，但是光聽少女唱它的聲音，他就覺得頹喪的意志可以堅強起來。或者該說，是少女本人使他堅強，沒有她，即使他有無盡的生命也枯萎得像一口乾井。

濃霧此刻全數散去，出現在說書人面前的嬌小身影，是一個穿著大地綠色系長裙的少女。她掩著臉頰，只露出一雙明亮的祖母綠眼眸，她的眼眶掛滿了淚水，看起來很傷心的模樣。

說書人不信地看著少女，他忍耐著想喊少女的衝動，就怕不小心喊出妹妹的名字。他曾經被阿加特迷惑過，實在不曉得面前的少女究竟是誰。

「哥哥，我是伊索德，你怎麼不認我了呢？」

「伊索德……妳……是嗎？」他防備的，艱澀的，一字一字的小心問道。

少女放下遮住臉頰的雙手，含著眼淚輕聲說道：「哥哥，哥哥……伊索德好想見你一面，真的好想見你……我不知道你過去的經歷，但我曉得你總是讓自己吃苦。這一切讓我想起，在父母親剛死的時候，你寧可把指甲掐進肉裡，也不肯掉一滴淚。現在你還是一樣，即使心頭被扎得千瘡百孔、心痛欲裂，你還是頑固地不肯面對自己。」

說書人看見少女幽幽的眼神，見她輕易地看穿在自己沉默的面孔底下，充滿孤獨與痛苦的臉色。他沒作聲，只是顫抖著全身，對少女感到了懷念。

是的，這種感覺是伊索德沒錯。雖然阿加特也曾在他面前掉過眼淚，但是真正的伊索德從來不曾為了自己哭，她總是不忍心見他壓抑痛苦而哭。她的眼淚多麼珍貴，經常讓他掛心不已。

「伊索德……」說書人有點迷惑與矛盾，不知道該用什麼表情看她。可是當他聽見自己從喉嚨深處迸出的聲音，便再也不能控制自己內心複雜強烈的感情。

他跨開腳步，衝向少女面前，張開雙手緊擁她纖弱的身軀。

「啊，伊索德，妳是我追尋的美好夢想，妳又出現在我面前了……妳可知道，哥哥拚了命的找妳、呼喚妳，已經有好長好長一段時間了嗎？能像這樣親手抱著妳，哥哥就算死了也不在乎！」

他懷裡抱著伊索德，聞到她的體味與髮香，便忍不住將哽咽的哭聲，隱沒在絕不讓人發現的失控情緒，無法自拔。

「哥哥，施洛德哥哥……我聽見你在夢中呼喚我的聲音，但是我被魔鬼的詛咒壓著，不能回應你。對不起，真的對不起……」

「不，該向妳道歉的人是我，如果沒有哥哥的話，妳就不會死了。」

說書人使力地摟著妹妹的腰，深怕自己不留神，她就會從自己的手裡再度溜走。現在如夢般的幻境或許是假的，但是他對伊索德的感情卻是真的。

「妳為什麼總是在哭泣呢？哥哥已經很努力要替妳復仇了，只差一步就要殺了魔鬼，妳不要再哭了，哥哥求求妳……不要哭了。」

伊索德輕輕推開說書人，她揚起羞怯的目光，深刻到令他難以忘記，進而想起伊索德小時候總以這種眼神拉著他的衣角。

「哥哥，我不是為自己哭，而是為你哭的！你難道不知道我為何哭泣？你以為你束縛自己的心，不肯讓自己擁有幸福，執著為我報仇，是我想看見的樣子嗎？你太壞了，這樣不但讓我無法安心，只會更加痛苦！」

「難道……我不能替妳報仇雪恨嗎？」說書人困惑地問。

「哥哥，你始終壓抑自己的真心，使我無法拋下你到天國安息……你知道嗎？我會變成這樣，不全是因為魔鬼的詛咒，其中一大部分都來自哥哥的心！」

說書人驚詫地看著她。

「你必須放下沉重的負擔，你和我才能從束縛裡解脫。」

聽見伊索德的聲音這樣說道，說書人極力咬牙，不肯相信。

其實，在他的內心一直有種強烈的慾望，一日不殺死齊格弗里德，他一日就無法把憎恨從心裡逐出去。

基於如此，當阿加特出現的時候，他根本不願意聽從她類似伊索德的聲音，也不相信她是自己的妹妹。他心裡明白，伊索德一直待在地獄受苦，至今以來伊索德在他心中的形影，皆是他可悲的幻想。

說書人向後退了一步，聲音發抖地說：「不，妳是魔鬼派來引誘我的假象，妳想要誘騙我，讓我的復仇失敗，妳好狠毒！」

「可憐的施洛德哥哥……你因為我被魔鬼殺死，對自己有強烈的罪惡感，以致你終日折磨自己，不願意尋求屬於你的幸福。你認為若不是你，就不會讓我死得這麼慘，可是這一切都已經發生了，所謂人死恨消，如果你不肯放下束縛，讓心魔一直糾纏你，我永遠都不能安息。」

「就算我殺了魔鬼，妳也無法安息嗎？」

「嗯，更何況，你已經沒有辦法殺他了。不是因為你的能力，而是你的心……就像他捨不得殺你一樣，你也捨不得殺死他。」

說書人大喊：「胡說，胡說！我一定得殺了他，要是我做不到，放眼世上還有誰能做得到呢？」

「哥哥，你曉得嗎？你至今無法解脫，並非齊格弗里德的詛咒所致，而是綁在你身上，無法解開的心魔！你太相信眼前的事物，個性過於倔強，總是固執自己的看法。你只想著打敗齊格弗里德，卻未能想透自己的心，所以你才無法堅定下來，一被他引誘就會動搖。」

伊索德低聲地對說書人說道：「我靈魂的束縛，並非全來自魔鬼的詛咒，而是你強烈的執念與渴求……我已經放下了當年的怨恨，怎麼你還是放不下？」

說書人啞口無言。

「哥哥，放下吧……放下眼前的仇恨，你會過得更快樂……」

就在這時候，伊索德的身體如幻影般驟然消失在說書人面前，任他在一團濃霧裡如何找尋，卻再也找不到妹妹了。

說書人睜開眼睛，感覺原本瀰漫在他身邊的濃霧都消失了。他張口舒氣，感覺心中的苦惱、為難與掙扎全都一掃而空。

雖然他心中對無法拯救伊索德的遺憾，仍然感到悔恨、無力與痛苦。雖然他知道不該將它放在心裡，可是難以自拔，簡直像自虐似的難以控制這些情緒。

過往的回憶畫面湧至說書人眼前，揮之不去也散不開，使他痛苦至極。

突然間，齊格弗里德的聲音打破說書人的思緒，將他拉回到了現實。

「施洛德，你傻傻地站在那裡，難道在打什麼鬼主意？你最好考慮清楚，要把靈魂主動獻給我，還是親眼看妹妹神形俱滅？」

說書人聽見這聲宛如侵犯他聽覺的言語，並無特別的反應，彷彿正面承受齊格弗里德給他的最後一個誘惑。

他抬起頭，看見齊格弗里德站在面前，以疑惑的眼神看著他。

他甩甩頭，試著把夢中迷離的幻覺甩掉。接著站起來走向鳥籠，腳步歪斜不穩，

「再給我一點猶豫的時間……再等我一下，如果我還是無法選擇出一個結果……就算要我把靈魂給你也沒問題。」

齊格弗里德見說書人與他擦身而過，困惑道：「你到底要猶豫什麼？」

說書人頭也不回的向前走著，瞇起的雙眼盛滿震怒，「閉嘴！你就不能給我一點禱告的時間嗎？這是我最後一次懇求你，聽到了沒有？」

什麼？哪有人懇求的態度像你一樣傲慢的……齊格弗里德壓下困惑的心緒，勉為其難地說：「好吧，我就站在這裡等你。直到時間一分一秒的過去，事情因你的優柔寡斷而變得無法收拾為止。」

說書人沒有答話，當他一步一步的走向鳥籠，直到他看見阿加特臉上表情的時候，便停下動作，朝她露出溫和的淡淡微笑。

「施洛德……求求你救我。」

說書人聽見她沉重的喘息聲，他便克服恐懼的看著阿加特，薄唇緩緩說出一個只有她才能聽見的聲音。

「在那之前，妳聽我說一個故事好嗎……只要妳回答我聽故事後的感想，我就決定結束這一切，將妳從痛苦裡解脫出來。」

阿加特看著說書人，在他沉著的目光底下，點點頭。

「那麼，我開始說了。從前有一個少女受到男子的引誘，將她墜落於黑暗的靈魂當成祭品獻給魔鬼。少女變成美麗無心的人偶，替魔鬼尋找犧牲品，她以為自己可以實現世上一切的夢想，卻沒想到她失去靈魂後，也失去作夢的力量了。」

說書人說完了故事，眼神渴望地看著少女，希望她能回應自己。

在他心底浮沉著唯一的思緒，即使阿加特不是伊索德，即使她的聲音會令他再次墜落黑暗，他都不願自己變得無能為力，只能看著逐漸被黑暗吞噬的妹妹影子消失。

「告訴我，妳覺得這個故事怎麼樣？」

少女動作僵硬的緊握鐵欄，眼神懷疑的打量他。直到說書人懇求的聲音傳進她耳裡，她沒花太久思考的時間，便以緩慢的聲調答道：「難道人不可以有慾望嗎？就算只有一點點自私的慾望就該死嗎？如果沒有魔鬼引誘少女，她怎麼會失去靈魂呢？」

說書人說：「妳說得沒錯，因為我們都是平凡的人，所以有慾望是在所難免的事，也不是妳的錯，但妳不應該聽從魔鬼的命令。受他控制的妳，永遠都得不到想要的幸福。」

當他們兩人的視線交疊在一起，阿加特臉上便浮現迷惘的神情，彷彿還是不懂說書人的言下之意。

說書人壓抑內心的掙扎，腦海一再重複阿加特與伊索德截然不同的回答。他像恍然大悟似的瞭解到，伊索德與阿加特原來是不同的兩個人。儘管她們長得一樣，可是伊索德那份替人著想的溫柔心地，卻是阿加特沒有的。

說來可笑，他不過是藉由阿加特的外表，作了一個自私的美夢。他只是不肯承認伊索德早已死去的事實，如果他真受魔鬼的引誘，將令心愛的妹妹不斷受苦。

說書人的思緒飛回昔日時光，那個有他與伊索德共處的甜蜜日子。雖然那些回憶已經不再鮮明，甚至遙遠而模糊，卻可以令說書人深藏的情緒再次激動起來。

「你說的少女是指我嗎？」

阿加特眼睛睜得大大的，她迫切地看著說書人，想要他的回應。

說書人深吸一口氣，淡然說道：「不是的，那個為了慾望而失去靈魂的少女……其實是我。我有很多很多夢想，也有很多很多慾望，可是它們沒有一件真正實現過，因為我想要的，都是我從來追求不到的東西。」

兩人相互凝視，眼裡都有說不出的沉重。

「連我也不能取代你心裡伊索德的地位嗎？」

「妳的外表跟伊索德實在太像了，我永遠都無法把妳當成阿加特，妳們的內在根本不一樣，我不可以這樣利用妳，妳不是伊索德。」

「我能為妳做的最後一件事，就是將妳從痛苦的深淵中解放出來。」

說書人拔槍，扣下扳機，朝阿加特的左胸口開了一槍。當槍管末端散出一道充滿火藥味的硝煙，他灰藍色的黯沉眸子隨即映出少女中彈的身影。

阿加特中彈之後，痛苦地撫著心口，身體顫抖不已。她扶著黑色欄架跪倒在籠內，帶著一絲喘息聲喚著說書人。

他的雙手穿過鳥籠，扶起她的身體，看見她虛軟的笑容。

阿加特難掩自己顫抖的抽氣聲，歉然道：「好吧，既然要死，死在自己喜歡的人手上也不錯……我在你身邊的日子，嘗到人與人之間的溫情，我變成伊索德，只是想體會她的幸福，因為她能被你所愛……」

說書人臉色痛苦地注視阿加特，靜靜說道：「我不忍心看妳受苦，因為被魔鬼支配的妳，一定身心都飽受折磨。沒事了，妳到另一個世界安息吧。」

「我求你實現我一個心願，你會答應我嗎？」阿加特的臉上浮現一道慘白的遺憾微笑，在最後離別的時刻，顯得淒美而動人，「我好想跟你去看花，看那些潔白的鈴蘭花……」

「我答應妳，跟妳一起去看花。」

說書人聽不見自己說了什麼，彷彿所有的感覺都抽離了身體。他看著少女口角流出一行鮮血，想替她擦掉，卻被她的眼神制止了。

「沒有那一天了。」阿加特低下頭，清澈的淚水從她蒼白如紙的臉頰滑落，「反

正我本來就沒有靈魂，這樣也好，我可以回家了。」

當阿加特像失線木偶般垂下雙肩，說書人便輕柔地放開她，讓她帶著臉上的微笑倒臥於籠中，像深陷美夢似的長眠。

「阿加特，其實我的靈魂，早在伊索德死去的那一晚也跟著死了。」說書人將額頭靠在鳥籠上，他抵著發白的唇，深吸一口氣，將悲傷的心情壓抑在體內。

從今以後，他不再渴求情感，將要面對永無止境的孤獨與寂寞。

齊格弗里德撫著心口，咬著牙，勉強緩和了過劇的呼吸，但是他的臉色卻很蒼白。這種全盤皆輸的感覺既令他無法宣洩心情，也不能降服面前的男人，他懊惱、忌妒與仇視的看著說書人。

「為什麼……你連自己的妹妹都可以殺……難道，你沒有人類的心？」

說書人轉身走向他，語氣平淡得沒有一絲情感，「能跟你糾纏這麼久，大概已經不屬於凡人了吧。你看起來好像很痛苦，要我一槍了結你嗎？」

他打開手槍，用指力轉動一下彈輪，接著一步步走近齊格弗里德，將槍口瞄準他的臉，準備開槍，「照一般故事劇情進行下去的話，可恨的大魔王在壞事做絕的情形下，都該在這種時候得到應有的下場……」

齊格弗里德恨恨地瞪著說書人，等他開槍。

過了一會，洋館冷清的空氣中傳來說書人扣下扳機的聲響，卻無子彈擊發出去的火花。這僵硬的氣氛使齊格弗里德一時難以適應，茫然地看著說書人。

說書人走到齊格弗里德身邊，故意用槍口戳了他的胸口一下，露出像孩子惡作劇之後的冷笑，「真可惜，我的子彈耗盡，看來你是死不了了。」

齊格弗里德受了說書人一激，放聲大罵：「你快點了結我吧！」

說書人隨手把槍丟在地上，口氣嘲弄地說：「不是我不想殺你，是沒辦法殺你……好了，你少跟我鬥嘴上功夫。」

「你不要槍了嗎？」

「是的，現在不需要，以後也不需要了。」

「你……什麼意思？」

「我不殺你了，你走吧。」

「你會這麼簡單放我走？」

「我好不容易想要放你走，你快走吧。」

「你為什麼不把我殺了？」

說書人觸及齊格弗里德震驚的神色，他嘆了口氣，說：「也許我殺了你，才能撫慰我妹妹的靈魂……我不殺你，只因為有所不忍。」

齊格弗里德看見說書人掠過臉上的微笑，於是被激怒地說：「我沒聽錯吧，有所不忍？施洛德，你不要太天真了，在這世上，大魔王失敗的下場就是死……更何況我奪走伊索德的性命，你有很充分的理由殺我！」

說書人聽齊格弗里德這麼說，思索片刻後，道：「也許這句話聽起來有點可笑，我不想推卸什麼。即使你的所作所為令人感到可恨，我身上到底流著你的血……再怎麼樣，都是你給我新的生命，這點是我不能否認的事。」

「我只想問你，你為何執意要我把靈魂獻給你？」

齊格弗里德說：「好，我回答你。因為我想在自我永恆的放逐中，尋求一個純粹的情感，將它變成我不可缺少的靈魂伴侶，贏得跟神該死的打賭……」

這下換成說書人震驚道：「為了這個目的，你就設計一連串的陰險計謀？」

「對我來說，時間是永恆的，痛苦是無盡的，我的身上帶有原罪，是永世的牢籠……你不會明白的。總之輸了就是輸了，我不需要安慰同情，也不要你原諒我！」

齊格弗里德情緒暴躁的大吼。

說書人一臉無奈的搖搖頭，感覺跟這個魔鬼很難溝通。

「齊格弗里德，你別會錯意了。我不是原諒你，只是伊索德要我放下，所以我放下沉重的負擔，她是我的妹妹，只要她能幸福，要我做什麼都願意……但是要我釋懷而敞開心胸接受你，恐怕還很難。」

齊格弗里德皺眉看著說書人，打從心底感到不快、惱怒、痛恨。

「你知道嗎？我最討厭看到你這種自命不凡的高傲模樣。」

「你討厭我？」

「是的，很討厭，我討厭到想殺了你！」

說書人微笑，「那正好，我們彼此都討厭對方。」

「齊格弗里德，我們這段孽緣牽扯得還真久呀，我為了尋求伊索德的靈魂，在你的引誘下，我以靈魂換得跟你玩遊戲的資格。當我經歷愛情、慾望、痛苦等不同的過程，在這最後的時刻，我終於瞭解我與你的存在，其實不只是為了玩遊戲，而是有更重大的意義。」

「一開始，我真的恨你恨得要死，每天都在咒你趕快去死。但是後來我的心境漸漸變化，我思考你找我玩遊戲的意義是什麼，你到底希望被人類以什麼眼光看待，難道魔鬼真的一點感情都沒有？你四處作惡，內心真的快樂嗎？因為你的緣故，使我認真思索和你鬥到現在的意義。」

說書人說完後，嘆了口氣。他不否認自己厭惡過齊格弗里德，不過現在他只覺得可悲。

齊格弗里德站在原地發愣，他瞪向說書人，心中充滿一股豁出去的感覺，於是伸

手打說書人耳光，「你說這些話，是想彰顯自己的清高嗎？告訴你，我根本不感謝你，別以為你可以這樣瞧不起人！」

說書人被打臉，頓時耳鳴頭昏。他自認不是善男信女，沒辦法把另外一邊的臉也給齊格弗里德打，他內心燃起熊熊怒火，當下湧出想甩對方耳光的衝動。

然而，就在那時候，說書人聽見齊格弗里德怒吼的聲音，看見他露出讓人永生難忘的表情——那不是他過去自傲與不可一世的神色，而是一種經歷挫敗後的落寞表情。

「怎麼樣，很痛吧？我看你含著眼淚，難道不想揍我報仇嗎？」

說書人聽著齊格弗里德罵人的聲音，他有點同情這位孤獨的魔鬼。也許齊格弗里德知道無法操弄他的感情，所以試圖激發他的仇恨心，才會說反話。

「我不想。」說書人冷冷地說。

「騙人，你明明這麼恨我，只是假裝毫不在乎……施洛德，說話啊！」齊格弗里德生氣地說。

「我沒什麼好說的。」

齊格弗里德震驚地看著說書人，他指著對方的臉，難掩顫抖的口氣，「你……真的一點也不恨我？你為什麼不恨我，莫非我在你心中沒有一點分量？比起被你討厭，我更不要被你忽視！」

說書人愣了一下，「慢著，你先冷靜地聽我說。」

齊格弗里德摀住耳朵，歇斯底里地拒絕道：「不要，我不要！你這個卑鄙的人類滿口謊言，我不會上當！你一定想趁我沒防備時，從我背後補上一刀吧？」

說書人上前一步，他將齊格弗里德貼著耳朵的手拉開，嘆道：「聽我說，其實我真的已經不恨你了。但是拒絕相信人性真善美的你，看起來很可憐。你否定愛，我利用人性，其實我們都一樣不瞭解愛……從一開始，我們就從沒贏過任何遊戲，我與你都是輸家。」

「不對，施洛德……你要恨我，是我把伊索德帶進地獄，你為什麼不恨我！」齊格弗里德語氣尖銳。

「我是該恨你，但是我不想再恨你了。」說書人拍拍齊格弗里德的雙肩，憐憫地說：「你太可憐了，像你這種只能靠嘲諷來肯定自己，又得不到這個世界與人心的魔鬼很孤獨。沒錯，任何人都討厭孤獨……連魔鬼也不例外。」

「我沒有，我跟你不一樣！」

說書人笑了笑，「你越解釋，越證明了你心裡討厭孤獨。我不知道你一再引人墜落的動機是什麼，也許你想重返天國，也許你只想看人類面對恐懼的崩潰。」

「我到現在，才從原本對你的不瞭解與憎恨，漸漸轉化為憐憫與同情，這就是我不再恨你的原因。」

0000000010

ZEHN

-OPER-006-

第十章 籠中鳥

Siebte Aufzug : der gefangene Vogel

齊格弗里德勉強撐著身子站在原地，發現說書人不把錯歸罪在自己身上，反而說了一大堆攸關愛與寬恕的回答，害他氣得說不出話。

他是個心靈醜陋的魔鬼，他討厭真理與愛那些永恆的東西，那是神的目標，不是他的！為了攻擊說書人，他設陷阱，讓說書人心裡懷抱的一絲夢想徹底崩潰，逼說書人承認自身醜惡的慾望，他就會贏得這場遊戲。

但是，說書人卻毀了他精心設計的遊戲，太遲了……他輸了打賭，輸掉一切，等於前功盡棄。

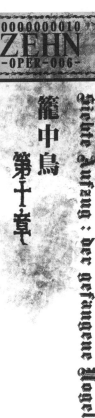

齊格弗里德看著說書人，難掩顫抖語氣的說：「什麼叫我們都是輸家……去你的！我不接受你這種愚蠢的回答，你只有兩種選擇，一是殺了我，一是從我面前滾開！如果你再這樣善良下去，遲早有一天你會毀滅的。」

說書人露出難以讓人發現的淡然微笑，「我不是善良，只是不想令伊索德失望。」

隨著兩人爭執的聲音消失，齊格弗里德放在桌上的小鳥籠，此時綻出了七彩光芒。洋館裡的一切，在這道神聖之光的照耀下被強烈地照亮，就連阿加特的屍體也像融化於光中似的消失不見。

籠中的白光消失，進而顯現出一隻小鳥的形狀。當小鳥飛衝而出，化成被強光穿透的人形光柱，出現在說書人與齊格弗里德面前。

人形的身影與表情逐漸變得清晰，當她微笑起來的時候，就像伊索德一樣溫柔。而她的出現，似乎代表了伊索德的靈魂獲得解放。

說書人看著藏於白光中的嬌小面孔，他的視線幾乎捨不得離開她。他知道，這是他們兄妹最後一次的相見，伊索德脫離了詛咒的束縛，將要到天國安息。

伊索德微笑地看著兩人，臉上的神情充滿了柔和。

『謝謝，衷心地祝你幸福。』

說書人帶著一絲遺憾的追到伊索德面前，眼神哀求地看著她，「慢著，妳可不可以帶我走，讓我跟妳一起到那個世界去？」

伊索德臉上浮現一個為難的歉然笑容。

『施洛德哥哥，請與齊格弗里德化解所有的不愉快。即使我不在你身邊，仍希望你幸福地活下去……連同我那份無法陪在你身邊的遺憾，好好走向屬於你的人生。』

兩人呆站在原地，直到伊索德的靈魂消失。過了許久，他們仍然看著靈體消失的地方，心中各有感慨。

說書人關注地看著光芒消失，不捨地移開視線，卻在同時發現齊格弗里德發出一道沉重的悶哼聲，曲著身子蹲在地上。說書人見他蒼白的臉色流滿冷汗，嘴角滲出一行血絲，便察覺了其中的不對勁。

「齊格弗里德，這是怎麼回事？你怎麼會……」

齊格弗里德厭惡地撥開說書人的手，別過視線，不肯看他的眼神。

「伊索德的靈魂解開束縛，到天國安息了。你已得到了勝利，為什麼還不殺了我？」

說書人見齊格弗里德特意強調要自己殺他，不禁被勾起了憐憫心，更擔心他可能有什麼特殊的理由，於是就說：「我想跟你分享一句話。人沒有犧牲的話，什麼也無法得到……」

「你說什麼？」齊格弗里德困惑道。

「我犧牲自己可以得到幸福的機會，換來伊索德的解脫，也得到豁然開朗的心境，因為一開始錯誤的想法，將會決定後面悲慘的一生。我現在已經解脫，請你也不要再執著下去了。」

「我不要你的同情！」

「我不是同情你。」說書人苦笑地說：「回想至今，我與你活在充滿幻覺的絢麗世界，雖然比起人生還要短暫，但是由這些遊戲、歌劇、人生……交織起的一幕幕悲喜劇，不是比平淡的生活更有意思嗎？」

在齊格弗里德心中，一道被說書人勾起的強烈感情，一波接一波地撞擊他的腦海。原本他只想抱著看笑話的心態面對，不知為何，他竟然覺得如果事情像說書人說的那樣，好像也不壞。

「你知道嗎？當你能冷靜看待人類的感情，就表示你已不再需要抗拒任何感情了……承認吧，你不是想得到我的靈魂，而是想得到純粹的愛。」

齊格弗里德厭惡地聽著說書人的聲音，他發現自己從沒這麼討厭說書人過。這個一臉偽善的傢伙不只讓人不舒服，居然還想用更惡劣的手段逼他認輸，害他不得不納悶起來，為何他當初會找上說書人呢？

「閉嘴，你別用這種瞧不起人的態度跟我說話！我不會感激你，因為你是個虛偽的人，聽到了嗎？我就算死也不會承認我輸的！」

說書人再次扶起了齊格弗里德，看他與自己激烈爭論的時候，面頰有點紅的模樣，說書人忍不住搖頭苦笑。

「好了，我也不是第一天認識你，對你那種死不認輸的個性還不瞭解嗎？老實告訴你，我想起被你糾纏的經過，就感到納悶……我的人生到底是哪個環節出了差錯，才能遇到你？」

齊格弗里德還是不說話。

「同時，我也納悶著一件事……你毀了我的人生，對我充滿敵意，可你有時又會表現出一副關心我的樣子。現在想想，這是為什麼呢？」

齊格弗里德抗拒著說書人的聲音滲進他的耳膜，但是他又覺得自己不知不覺中被說書人牽著鼻子走，便懊惱地看著說書人。

「你說得太複雜了，我聽不懂。」

說書人見齊格弗里德臉色沉了下去，發覺不管跟他怎麼講話都不投機，便吸了口氣，試著把內心未說的話和盤托出。

「齊格弗里德，我知道你不聽我說話，只想逃避一切。可我還是想告訴你，人類的真理不是充耳不聞就不存在。我雖然放棄自己得到幸福的願望，讓妹妹的靈魂得以解脫，我今後會努力尋找屬於自己的幸福下去……當然也包括你的。」

齊格弗里德聞言挑眉，但是眼神仍充滿了困惑。

說書人說：「我要追求這些真理，試著把幸福也帶給別人，直到你也得到幸福為止。」

齊格弗里德眨眨眼睛，感覺眼前的景象刺眼極了，他向後退開幾步，難以忍受說書人用那雙沉默的眼神看他。

過了一會，他發現說書人還是以那副沉著的神色，深深凝望著自己，他便像受影響的倒吸一口冷氣。

「那麼，我也會有像你一樣的幸福嗎？」他問。

「嗯。」說書人想了一下，接著說：「我相信你也會有幸福的一天。」

齊格弗里德忍不住笑了起來，「最初在城裡見面的時候，你是個滿腹報仇念頭的男人……你變了。」

「是嗎？」

齊格弗里德猶豫地看著說書人，他本想接話，但是身子卻抖了一下，他趕緊轉身掩住口鼻，不肯讓說書人看見自己的異狀。

說書人上前一步，輕拍他的背，問：「你沒事吧？」

「沒事，只不過很可惜，我沒辦法再陪你玩了。」

齊格弗里德笑了笑，氣息微弱，「老實說，我用盡了魔力，把這場遊戲作為引誘你的賭注，卻依然敗給了你……施洛德，我不配再當一個高傲的魔鬼，因為我被你影響，提不走你的靈魂了。」

「我不後悔遇見你，跟你簽下血之契約，跟你玩遊戲很有意思，讓我漫長灰暗的不老生命，有了一絲色彩。」

說書人聽到齊格弗里德的語氣，知道他現在說的都是真心話，不禁訝異地問：

「你到底要說什麼？」

齊格弗里德轉身過去，看著說書人，露出他少有的溫和笑容。

「我們恐怕沒有再見之日了，今後好自為之吧，施洛德。」

「齊格弗里德！」說書人朝他伸手，試著想追過去阻止他的離開。

此時，一道彷彿被齊格弗里德喚來的狂風席捲洋館，穿著深黑裝束的金髮男人身影，伴著一片飄零散落的玫瑰花瓣，遮斷了說書人的視線。

說書人用力揮開散亂的花瓣，發現齊格弗里德已經消失。他看著眼前黑暗的光景，伸出被狂風拂過的雙手，心中只有茫茫然失去的惆悵。

他奔出洋館，回頭赫然發現身後華麗的房子，變回了一座亂葬的墳場。

說書人思緒很亂，他知道齊格弗里德每次都像幻影般消失在他面前，但是沒過多久，那個男人就會再度出現……然而，他卻不敢預言他們是否還有相遇之日。

說書人站在昏暗的街上，即使冷風大作，他卻一再尋找齊格弗里德，想把整座城

翻過來，也要見到那傢伙。他這麼做別無用意，只是不能接受對方突然消失在自己面前，雖然他恨透了齊格弗里德，但是他的內心卻有強烈的失落感。

像這種贏得遊戲，卻彷彿輸了一切的感覺，不是他要的結局。

說書人拒絕自己苦苦追尋一個不存於現實的幻影，他實在不想為齊格弗里德擔心……像這種不說原因，一聲不響就消失的傢伙，根本不配讓人擔心！

每當說書人這麼一想，他就會看著蒼茫的天空，腦中揮不去齊格弗里德離開自己的那一幕畫面，心裡甚至想著——

「齊格弗里德，你這個該死的魔鬼，究竟去哪裡了？」

幻影歌劇～籠中鳥～完

敬請期待　《幻影歌劇》完結篇　夜之頌

不同的舞臺變換，唯一相似的劇目，只有說書人與魔鬼的「遊戲」。

誠摯地邀請各位觀眾，拋開塵世的一切，與我們到不可思議的夜之國度，來場華麗的仲夏夜冒險吧！

幻影歌劇第七集，為您隆重上演最終完結篇。

請握住您身邊同伴的手，一起見證這個沒有時間限制的精彩節目。

「說書人——施洛德・戴維安。」

「初次見面，我是來自夜之國度的精靈。如果你想見齊格弗里德，請用你珍貴的故事與我交換，我會安排你們見面……如何，要與我來個交易嗎？」

「等等，這應該是我的臺詞才對吧？」

說書人在一次神妙的機緣下，遇見住在夜之國度的精靈「巴蘭德」。

精靈帶領說書人穿越文明的人類社會，來到不可思議的奇幻仙境，也是魔鬼無法將邪惡勢力擴展至此的美麗新世界。那裡除了夢幻的精靈，還有邪惡可愛又迷人的魔

王……以及身為精靈友人的魔鬼齊格弗里德。

透過擁有美麗外表的精靈之言，說書人知道齊格弗里德的秘密。那麼，這次故事的反派到底還是不是魔鬼？或者，還有比魔鬼更邪惡的存在，把魔手伸向了美麗的夜之國度……

這是一個充滿幻想色彩的仲夏夜想曲，也是屬於說書人與魔鬼之間的夜之頌歌。今夜星光依舊燦爛，說書人與魔鬼體驗人生的歌劇效應也將延續下去。

「齊格弗里德，魔鬼和魔王，誰比較邪惡啊？」

「廢話，當然是我！」

「可是下一集的反派好像不是你，這難道有不可告人的黑幕嗎？」

「少囉唆，我為何要跟你去幫別人救老婆？」

「這是我向作者烏米爭取來的機會，我們至少要在最後一集有所表現啊。」

「我再也受不了了……可以讓我失去這些愚蠢的記憶嗎？」

「最後，請各位讀者期待第七集的完結篇囉。」

作者後記

Komische Oper

一直到現在，我心裡還是有種迷離的感覺……

「我真的寫到第六集了嗎？」

這句話始終迴響在腦海，好像昨天才剛決定要開始寫故事，沒想到一轉眼間就完成了。

啊，是的，第六集完成了，託讀者的福。

本集是說書人與魔鬼激烈爭鬥的一集，算是將他們兩人的恩仇過程做了一個總結，其中出現比較過分的劇情（笑），希望沒有嚇到讀者。

作者後記

要說什麼是讓我一邊閱讀，一邊感覺恐怖的情節，大概是齊格弗里德舔血那邊？我自己都忍不住自言自語著，「天啊，這傢伙不愧是魔鬼！」當然下一秒就覺得說書人好危險起來了（哦）。

這一集的結尾是很早以前就安排好這麼做的，我想試著用另一個角度去描寫兩人解除了互角狀態後，進而產生微妙的互動（？）。雖然這兩個人要成為朋友，真是滿難的，不過說書人令人爆炸的「幸福宣言」，其實是我上一任編輯提供我的點子（大笑），感謝他讓劇情更加有趣了。

下一集將是作品完結篇，感謝讀者一起與說書人看了許多不同的故事，直到舞台的紅幕拉下前，作品將會繼續呈現更華麗別緻的世界。就算拉下紅幕後，《幻影歌劇》也會在其他地方上演被遺忘的劇目哦！

我們第七集再見！

繪師後記

Komische Oper

這次封面是阿加特與伊索德的剪影，雖說兩人長得一模一樣，但伊索德當了兩集剪影就是沒畫到彩稿……妹妹真是本作的幸運E角色。

伊索德對我來說是本作中最純粹的角色，我想這也是妹妹在說書人心中永遠無法被消抹的原因吧？順帶一提，我最喜歡兄妹愛了（笑）。

下一集將會迎來完結，現在已經非常期待插圖的繪製，那麼第七集與各位再見！

來預購、金石堂、
日報排行榜暢銷作品
入炫麗的奇幻世界——
雙夜
My brother, lives in my body.
DARK櫻薰/NOVEL
薩那SANA. C
「當你睡著之後，我的世界才正要開始。」
他們猶如日與夜，是共用身體的兄弟——
膽小懦弱、依賴心強的弟弟，
身體中住著聰明狡詐又強勢的靈魂哥哥，
這一體雙魂的祕密不得外洩，
否則，哥哥大人將面臨真正的死亡？！
★全國各大書店、租書店、網路書店持續熱賣中★
01來自異界的旅人
02黑暗與光明的交錯
03消失的聖物（上）
04消失的聖物（下）
★05沉默之狼的危機
2012/05精采上市
更多詳細內容請搜尋★
不思議工作室
立即搜尋
典藏閣
采舍國際
www.silkbook.com
版權所有© Copyright 2012

媲美變形金剛　超越好萊塢特效的文字震撼！
奇幻小說超人氣女作家 冰龍 隆重再獻
機械人形與主人以生命為契約
終極死亡遊戲！
一場沒有辦法重寫的故事，
反抗的代價即是前往地獄的通行證
唯有強者才能生存！
他們徘徊在生與死、罪惡與良善之間的掙扎。
——我們究竟，為何而戰？
堅持，只為了活下去！
01－03全國各大書店、租書店、網路書店強力販賣中。
★更多詳細內容請搜尋★
不思議工作室_
立即搜尋
典藏閣
采舍國際
www.silkbook.com
版權所有© Copyright 2012

星作者月夜暮華 繪者K@I 聯手出擊！！
考試容易出錯，工作總是功虧一簣？
改命、算運、卜前程，來「風水」小店就對了！
這裡有以戲弄少年為主業，兼職風水抓鬼的大叔來為您服務哦～
鬼影幢幢
風水
其之壹
夜暮華著 K@I繪
「要不要試試看改命……」
「代價？」
「……你用身體來還吧！」
值日生：店長
長大叔的驚悚發言，究竟是陳默的
線曙光，還是更加杯具的開始？
12/3 全國便利超商、新絲路網路書店
式開賣！有買有保庇哦！
更多詳細內容請搜尋★
不思議工作室
立即搜尋
典藏閣
采舍國際
www.silkbook.com
版權所有© Copyright 2012

幻影歌劇/烏米作. -- 初版. --新北市：
華文網，2011.06-
冊； 公分. --(飛小說系列)
ISBN 978-986-271-216-0(第6冊：平裝). ----

857.7 100008286

幻影歌劇 -komische oper-

-籠中鳥-

烏米 綠川明

飛小說系列024

幻影歌劇06-籠中鳥

出版者■典藏閣
作　者■烏米　　繪　者■綠川明
總編輯■歐綾纖

製作團隊■不思議工作室

郵撥帳號■50017206采舍國際有限公司(郵撥購買，請另付一成郵資)
台灣出版中心■新北市中和區中山路2段366巷10號10樓
電　話■(02)2248-7896　傳　真■(02)2248-7758
物流中心■新北市中和區中山路2段366巷10號3樓
電　話■(02)8245-8786　傳　真■(02)8245-8718
ISBN■978-986-271-216-0
出版日期■2012年05月

全球華文國際市場總代理／采舍國際
地　址■新北市中和區中山路2段366巷10號3樓
電　話■(02)8245-8786　傳　真■(02)8245-8718

新絲路網路書店
地　址■新北市中和區中山路2段366巷10號10樓
網　址■www.silkbook
電　話■(02)8245-9896
傳　真■(02)8245-8819

☞您在什麼地方購買本書？☜

□便利商店＿＿＿＿＿□博客來　□金石堂　□金石堂網路書店　□新絲路網路書店

□其他網路平台＿＿＿＿＿□書店＿＿＿＿＿市／縣＿＿＿＿＿書店

姓名：＿＿＿＿＿地址：＿＿＿＿＿＿＿＿＿＿＿＿＿＿＿＿＿＿＿＿＿＿＿＿

聯絡電話：＿＿＿＿＿電子郵箱：＿＿＿＿＿＿＿＿＿＿＿＿＿＿＿＿＿＿＿＿＿

您的性別：□男　□女

您的生日：＿＿＿＿＿年＿＿＿＿＿月＿＿＿＿＿日

（請務必填妥基本資料，以利贈品寄送）

您的職業：□上班族　□學生　□服務業　□軍警公教　□資訊業　□娛樂相關產業

□自由業　□其他＿＿＿＿＿＿

您的學歷：□高中（含高中以下）　□專科、大學　□研究所以上

☞購買前☜

您從何處得知本書：□逛書店　□網路廣告（網站：＿＿＿＿＿＿＿）　□親友介紹

（可複選）　□出版書訊　□銷售人員推薦　□其他

本書吸引您的原因：□書名很好　□封面精美　□書腰文字　□封底文字　□欣賞作家

（可複選）　□喜歡畫家　□價格合理　□題材有趣　□廣告印象深刻

□其他＿＿＿＿＿＿＿＿＿＿

☞購買後☜

您滿意的部份：□書名　□封面　□故事內容　□版面編排　□價格　□贈品

（可複選）　□其他

不滿意的部份：□書名　□封面　□故事內容　□版面編排　□價格　□贈品

（可複選）　□其他

您對本書以及典藏閣的建議＿＿＿＿＿＿＿＿＿＿＿＿＿＿＿＿＿＿＿＿＿＿＿＿＿

＿＿＿＿＿＿＿＿＿＿＿＿＿＿＿＿＿＿＿＿＿＿＿＿＿＿＿＿＿＿＿＿＿＿＿＿＿

＿＿＿＿＿＿＿＿＿＿＿＿＿＿＿＿＿＿＿＿＿＿＿＿＿＿＿＿＿＿＿＿＿＿＿＿＿

✌是否願意收到相關企業之電子報？□是　□否

✍感謝您寶貴的意見✍

✌From＿＿＿＿＿＿＿＿＿＿＿＿@＿＿＿＿＿＿＿＿＿＿＿＿＿＿＿

◆請務必填寫有效e-mail郵箱，以利通知相關訊息，謝謝◆

印刷品

請貼
3.5元
郵票

235 新北市中和區中山路二段366巷10號10樓

華文網出版集團　收

（典藏閣－不思議工作室）

-komische oper-

幻影歌劇

-籠中鳥-

米川明

烏綠